KB065040

뼛조각

지은이 **김태생**(金泰生, 1924~1986)

제주특별자치도 서귀포시 대정읍 신평리에서 태어나 1930년에 일본으로 건너갔다. 대표 작품은 『나의 일본지도(私の日本地図)』(未来社, 1978), 『나의 인간지도(私の人間地図)』(青弓社, 1985), 『나그네전설(旅人伝説)』(記録社, 1985) 등이 있다.

옮긴이 **김대양**(金大洋)

문학박사. 일본 근대문학을 전공했으며 일본 근대작가 나쓰메 소세키(夏目漱石), 고바야시 다키지(小林多喜二), 재일제주인 작가 김태생(金泰生) 등을 연구하고 있다.

제주학연구센터 제주학총서 62

재일제주인의 문학적 기록

뼛조각

金泰生 지음

김대양 옮김

보고사
BOGOSA

목차

동화

"신지야, 흔저 일어나라. 이제 나갈 거여."

어머니가 깊게 잠든 신지를 갑자기 흔들어 깨웠다. 졸려서 참을 수 없었지만 신지는 이내 눈을 떴다. 두 손으로 눈을 비비고 방안을 둘러보았다. 깜깜해서 아무것도 보이지 않았다. 아직 한밤중이다. 어머니는 램프도 켜지 않고 어둠 속에서 재빨리 이부자리 정리를 끝냈다. 분명 등유가 다 떨어져 램프를 켜지 못한 게 틀림없다. 그렇지 않다면 조심성 많은 어머니가 불을 켜지 않을 리 없다. 하지만 나갈 채비는 이미 다 되어 있는 것 같았다. 신지를 등에 업고 자그마한 보자기 같은 것을 가슴에 꼭 안은 어머니는 잠시 방 안에 우두커니 있었다. 뭔가 깜빡하고 잊은 것은 없는지 확인하는 듯했다. 그야말로 캄캄한 어둠 속에서 등불이 없다는 것은 불편한 일이다. 그래도 모든 게 척척 진행되는 것 같았다. 어머니는 꼼꼼하게 문단속을 마치고 서둘러 마당으로 나갔다.

신지는 어머니가 이제 틀림없이 안채 쪽으로 가리라고 생각했다. 별채의 작은 방을 빌려준 화옥 할머니에게 평소처럼 집을 봐 달라고 부탁할 거라고 예상했지만 보기 좋게 빗나갔다. 어머니는 발소리를 줄이며 슬금슬금 어두운 마당을 가로질러 갔다. 대문 앞에 선 어머니는 소중한 물건을 조심스럽게 다룰 때처럼 과장된 손놀림으로 빗장을 슬며시 뺐다. 통나무로 짜 맞춘 무거운 대문이 열리면서 난데없이 끼익하고 삐걱거리는 소리가 났다. 어머니는 움찔하며 몸을 움츠린 채 황급히 뒤를 돌아보았다. 신지도 깜짝 놀라 몸을 움츠렸다. 그러고 나서 신지도 어머니를 흉내 내 경계하듯이 몸을 돌려 뒤를 보았다. 그러자 찬바람이 살랑거리며 코끝을 간지럽힌다. 신지는 갑자기 재채기를 했다. 한 번 더 나오려는 걸 참으려고 하자, 자기도 모르게 딸꾹질이 나왔다. 어머니가 자그마한 목소리로 조용히 하라며 등을 흔들었다. 하지만 단지 그뿐 뒤에는 아무 일도 일어나지 않았다.

　어머니는 깜깜한 길을 등짐을 진 말처럼 부지런히 걸었다. 어머니는 후-후- 가쁜 숨을 내쉬며 몹시 힘들어했다. 그래도 어머니는 한눈팔지 않았다. 신지는 마을에서 벗어난 변두리 길에서 실눈을 뜨고 살며시 소나무 숲을 바라보았다. 어깨동무를 한 사람처럼 서 있는 소나무가 어둠 속에서 어우렁더우렁 움직인다. 머리카락을 풀어헤친 할머니 같은 검은 나무 그림자가 나 여기 있다고 말하는 것처럼 신지의 시선 속으로 밀려오는 듯했다. 신지는 불현듯 무서워져 어머니의 등에 꽉 매달렸다.

　마을 길은 무척 걷기 힘들었다. 돌멩이투성이에 울퉁불퉁한 시골길은 낮에도 사람들이 오가기 쉽지 않았다. 그래도 어머니는 쉬지도 않고 바쁘게 걸음을 재촉했다. 오르막 산길에 들어서도 어머니의 발걸음은 여전히 빨랐다. 어머니는 몸을 구부리고 오르막길을 조급하게 쉼 없이 올랐다. 어머니가 몸을 앞으로 구부리자 등에 업힌 신지의 몸도 앞으로 기울어졌다. 어머니의 숨이 가빠지면 신지 역시 숨이 가빠졌다. 배가 눌리니 숨쉬기가 거북했다. 언덕을 넘어 내리막길에 들어서자 어머니는 허리를 펴고 지체하지 않고 빠르게 걸었다. 그러자 신지의 등도 저절로 펴지고 자세도 편안해졌다. 모든 게 어머니와 함께였다. 평소와 다른 점이라고는 티끌만큼도 없었다. 신지는 불안해하지 않아도 되었다. 어머니가 어디로 가는지는 잘 몰랐지만 그것은 어머니에게 맡겨 두면 되는 일이었다. 신지는 자기도 모르게 어머니의 등에서 잠이 들었다.

다음 날 아침 신지가 눈을 떠보니 생전 처음 와 보는 집에 있었다. 방 안에 있어도 세찬 바람이 불고 있어서 파도 소리가 크게 들렸다. 막 눈을 떴을 때 신지는 바닷가에 있는 할머니 댁인 줄 알았는데 아니었다. 방문 틈으로 밖을 살며시 보았더니 찬하 아저씨 집도 아니었다. 아저씨네 집이라면 마당에서 저 멀리 높은 한라산이 보여야 했다. 오히려 신지는 안심했다. 찬하 아저씨는 어머니와 사이가 좋지 않았다. 신지 역시 찬하 아저씨를 좋아하지 않았다. 늘 무서운 얼굴로 잔소리만 한다. 게다가 찬하 아저씨네 아줌마도 신지에게 심술을 부린다. 얼굴에 곰보 자국이 있는 아줌마는 머리가 덥수룩하고 눈은 부엉이처럼 부리부리하고 크다. 신지가지나가다 돌담 모퉁이에서 아줌마네 집 마당을 들여다보기라도 하면, 아주머니는 날갯짓 하듯 양팔을 벌리고 쉬잇,

쉬잇, 가까이 오지 마, 돌아가, 저리 가라며 신지를 쫓아버리곤 한다. 부엉이가 마치 사람처럼 말을 내뱉으며 위협하는 것 같아 섬뜩해진다. 하지만 이곳은 찬하 아저씨 집이 아니다. 낮은 천정에 벽은 좁고, 어두컴컴하고 작은 방에는 어머니와 신지 단둘뿐이다. 신지는 어머니에게 물었다.

"이디가 어디마씨?"

"축항."

"축항이 뭐?"

"배 타는 디."

"배? 우리 배 탈 거, 어무니영 나영 어디 갈 거?"

"응, 이제 어멍이영 배 탕 먼 디 갈 거. 밴 하나토 무습지 안허메."

"먼 디?…… 뭐 허레 가는 거?"

"그디 강 신지영 행복하게 잘 살젠 가는 거."

어머니는 신지의 작은 몸을 꼭 껴안고 장난기 섞인 얼굴로 몇 번이고 부드럽게 볼을 비벼댔다. 그리고 무척 즐거운 듯 계속 웃기만 했다.

그날 신지가 혼자서 방 밖으로 놀러 나가려고 해도 어머니는 한사코 허락하지 않았다. 이건 이상한 일이었다. 신지가 끈질기게 그 이유를 묻자, 어머니의 대답은 더 석연치 않았다.

"베끗디 나쁜 사람덜 이실지 몰라. 신지야, 조심혜."

어머니는 조심성이 많은 성격이었다. 그렇지만 집에 있을 때나 다른 사람 집에 갔을 때 멀리 가면 안 된다고 타이른 적은 있어도 밖에 나가지 말라고 붙잡은 일은 지금까지 한 번도 없었다. 어머니의 주의가 뱀 구멍에 손가락을 집어넣어서는 안 된다는 말이었다면 신지도 충분히 이해할 수 있었다. 그런 나쁜 짓을 하면 뱀에게 덜컥 물려서 손가락이 썩어 버리겠지. 들쥐 구멍에 오줌을 누는 것도 해서는 안 되는 일이다. 그런 장난을 치다간 금세 고추가 부어올라 따끔한 맛을 보게 될 테니 말이다. 들쥐 구멍에는 독이 있으니까. 게다가 징그러운 지네도 매우 위험하다. 섣불리 손가락으로 잡거나 하면 단박에 물려 험한 꼴을 당한다. 신지는 언젠가 귀가 아파 울며 밤을 지새운 적이 있었다. 너무나 당황한 어머니는 다음날, 날이 밝은 후 신지의 귓구멍을 들여다보고 놀랐다. 귓속에 작은 지네가 염치도 없이 들어가 있었다. 지네도 어릴 때는 분명 이런저런 장난을 치는 모양이다. 어머니는 화옥 할머니에게 물어보았다. 화옥 할머니는 온갖 세상살이를 익혔으니 살아가는 지혜가 있었다. 지네는 참기름을 좋아한다. 그래서 어머니는 신지의 귓불에 참기름을 바른 후 한참을 기다렸다. 그러자 어떻게 됐을까, 먹성 좋은 지네는 참기름 냄새를 맡고 스멀스멀 귓구멍 밖으로 기어 나왔다. 그렇지 않았다면 신지는 귀가 들리지 않게 되었거나 어쩌면 죽음의 문턱을 넘었을지도 모른다. 지네에게는 절대로 가까이 가서는 안 된다.

더욱이 어머니가 싫어하는 일은 밤에 깜빡하고 이불에 오줌을 싸는 것이었다. 어느 날 밤에도 기어이 실수해서 어머니가 시키는 대로 신지는 작은 대나무 키와 빗자루를 들고 화옥 할머니에게 '소금'을 받으러 갔다. 이 '소금'은 짜지는 않았지만 몸을 따끔따끔 아프게 하는 소금이다. 화옥 할머니는 신지가 쭈뼛쭈뼛 내민 대나무 키를 신지의 머리에 씌우고 가락을 넣으며 빗자루로 신지의 머리를 세게 때린다. 따뜻한 계절이었기에 신지는 알몸이었다.

오줌 싸지 말라, 이불에 실수허지 말라,
이거 싫으민 다신 허지 말라!

울며불며 야단을 떨어도 웬만해서는 봐주지 않는다. 어설프게 우는 소리를 냈다가는 근처의 아이까지 전부 달려와 '소금'을 뿌려라, 더 뿌려라 하고 재미있어하며 시끄럽게 떠들어댄다. 두 손으로 고추를 가린 벌거숭이 신지는 부끄러워 고개를 들 수가 없다. 자다가 무심코 오줌을 싼 마을 아이들은 예로부터 이 벌을 면할 수 없었다. 신지는 이렇게 해서는 안 되는 것을 정확히 알고 있었다. 다만 나쁜 사람이 있을지도 모르니 밖에 나가지 말라는 말은 지금까지 들어본 적이 없다. 신지는 이 말만큼은 잘 이해되지 않았다.

어쩌면 밖에는 꼴도 보기 싫은 순사가 있을지도 모른다. 마을 주재소의 일본인 순사는 검은 옷에 수염을 기르고 몹시 무서운 얼굴을 하고 있었다. 게다가 허리에 찬 희고 긴 칼은 반짝반짝 빛나고 있어 더없이 기분이 언짢다. 어른들은 순사가 집에 오면 분명 좋지 않은 일이 있을 거라고 늘 말했다. 순사는 마을 사람을 붙잡아 어디론가 끌고 가 버린다. 사람을 잡아가다니 나쁜 사람임이 틀림없다. 그러니까 순사를 보면 특히 조심하지 않으면 안 된다.

그렇다고 해도 어린 신지가 방 안에만 가만히 있기엔 아무래도 답답한 일이었다. 신지는 참지 못하고 간간이 투정을 부렸다. 밖에 나가고 싶다고 억지를 부렸다. 그때마다 어머니는 신지를 품에 안아 주었다. 신지는 이제 다섯 살이나 되었기에 평상시 같으면 이렇게 응석을 받아 줄 리가 없었지만 이번만은 특별히 어머니가 봐주는 것 같았다. 그러자 신지는 밖으로 나가 놀고 싶은 생각이 금세 사그라들었다. 게다가 오늘 어머니의 품은 여느 때 없이 따뜻하고 포근해서 무척 기분이 좋았다.

저녁 무렵 어둑어둑해질 때 몸집이 큰 아저씨 한 분이 어머니를 찾아왔다. 하지만 이상한 사람은 아니었다. 신지는 그분이 같은 마을에서 항아리를 굽는 사람이라는 것을 한눈에 알아챘다. 그다지 걱정할 필요는 없었다.

그러나 기다렸다는 듯이 방안으로 아저씨를 맞이한 어머니는 깜짝 놀라 한 손으로 입을 막았다. 자세히 보니 아저씨의 두 눈언저리가 검게 부어 있었다. 그뿐만 아니라 입가에도 상처가 나 있어 돼지 입처럼 부르터 올랐다. 그래서 어머니는 깜짝 놀란 것이다.

어머니와 아저씨는 오랫동안 걱정스러운 듯 뭔가 은밀하게 이야기를 나누었다. 아저씨는 신지에게 무척이나 달콤한 조선 사탕을 선물로 가져다주었다. 신지는 사탕을 입안 가득히 물고 어머니와 아저씨의 모습을 지켜보고 있었다.

어머니는 아저씨한테서 항아리를 받아 팔러 다녔다. 더운 여름이면 밭에 나가 잡초를 뽑고, 남의 집 일을 도와주며 목숨을 이어왔다고 언젠가 말하는 것을 들은 적이 있다. 그때도 어머니는 지금과 같은 거북한 얼굴을 하고 있었다. 어른이 심각한 얼굴을 하고 말을 할 때는 대개 누군가의 목숨이 위태로운 것임이 틀림없다. 말 장사꾼 아저씨가 말에서 떨어져 크게 다쳐서 죽을 지경이었을 때도 그 집 아줌마가 딱 저런 눈을 하고 화옥 할머니와 이야기하던 일을 신지는 떠올렸다. 그러니까 어머니와 아저씨도 지금 분명 누군가의 목숨을 이을 방도를 찾고 있는지도 모른다.

그런데 인간이 자신의 목숨을 잇는다는 것은 과연 어떤 일일까? 신지는 어른들이 흔히 말하는 목숨을 잇는다는 의미가 어떤 것인지 알지 못했다. 예를 들어, 말 장사꾼 아저씨가 키우던 검둥이는 사람을 함부로 물어뜯는 버릇이 있다. 그래서 항상 굵은 밧줄로 기둥에 묶어 놓는다. 그렇지 않으면 동네 아이들은 마음 놓고 마당이나 길에서 놀 수 없을 것이다. 언제 검둥이가 덤벼들지 모르니까. 어머니도 이웃집 부탁으로 밭에 잡초 매는 일을 할 때는 신지의 몸을 끈으로 감아 소나무에 묶어 두는 일이 있다. 신지는 어머니가 일하는 동안 나무 그늘 밑에서 빙글빙글 기어 다니며 놀기도 했다. 분명 신지가 어디론가 가 버릴까 봐 걱정되었기 때문일 것이다. 누군가가 잡아준 잠자리나 매미 또한 매한가지다. 실에 꽁꽁 묶어 놓지 않으면 깜짝할 사이에 어디론가 날아가 버린다. 그제야 신지도 겨우 납득했다. 그렇다, 인간의 목숨도 잠자리나 매미처럼 어딘가에 단단히 묶어 둬야만 할 것이다. 그렇지 않으면 기어코 누군가를 곤란하게 할 일이 생길지도 모른다. 잠자리나 매미처럼 어디론가 사라져 버릴지도 모른다. 분명 그럴 것이다…….

그때 이야기에 몰두해 있던 어머니가 갑자기 큰 소리로 분한 듯이 소리쳤다.

"아이고, 저 챙피헌 것도 몰르는 집구석. 아이만 나뒹 가렌 허민 나가 경 허카 부덴. 누게 경 협박헌덴 넘어가카!"

어머니는 참다못한 듯 주먹을 불끈 쥐고 몇 번이나 자신의 가슴을 치며 몸을 부르르 떨며 단호하게 말했다.

"나 결심은 변허지 안헙니다."

깜짝 놀란 신지는 어머니의 품으로 달려들었다. 어머니는 한 손으로 신지를 와락 껴안았다. 신지가 어머니 품에 얼굴을 갖다 대자 심장이 두근두근 큰 소리를 내고 있었다. 그러자 아저씨가 위로하는 목소리로 말했다.

"이녁도 힘들테주만은, 난 그 말 들으난 안심 뒘서. 오늘 새벡이 찬하 패거리가 자는디 갑자기 들이닥쳤을 때 난 솔직히 정신이 나가낫어. 찬하네가 어떵 눈치 채신가 몰르크라. 난 혹시라도 이녁 ᄆ음이 변헤시카 헹 가슴이 철렁헷주게."

"나 ᄆ음은 바뀌지 않읍니다."

어머니는 신지를 품에 안은 채 좀 전처럼 연신 가슴을 내리쳤다.

"찬하네 허는 말을 들엉 보난 경헌 거 아닌 건 금방 알았주. 그 참견쟁이 화옥이 할망이 문도 올아지고 이녁이 엇인 걸 알고 찬하신디 강 굴은 거주게. 다 ᄀ치 마을을 빠져나오민 눕덜신디 들킬거렌 생각헌 것이 화근이 돼불엇주. 어차피 발각뒌 바에는 우리도 ᄃᄃ허게 ᄆ음먹고 가혹한 처사를 이 악물엉 참아사주. 가능허민 이젠 더 얘기가 꼬이지 안허민 헷어. 얼굴이 영 뒐 때ᄁ지 맞앗주만은 나도 참은 보람은 잇어. 이녁도 힘들주만은 지금 각오를 들으난 너미 고맙다. 신지 아방도 고국에서 살 방도가 엇이난 일본에 돈벌레 간 거 아니라. 어쩔 수 엇이난 고향에 돌아올 수도 엇는 거주게. 처음부터 느네 모잘 내팽개칠 생각은 엇엇일 거여. 생각혜 보민 우리가 다 뿌리내릴 땅을 빼앗긴 묘종 구튼 신세주. 구만히 시민 물랑 죽을 수벳기 엇어. 마을을 나왕 어떻게든 살아사주. 마을 사름덜고 우릴 경 나쁘게만 생각 허지 안허메. 어쨋든 이녁이 지금꺼지 여저 혼자서 야일 길러시난. 설령 야일……."

아저씨가 진지한 얼굴로 거기까지 말했을 때 어머니는 황급히 아저씨의 말을 끊었다. 어머니는 얼굴을 몇 번이나 가로저었다.

"아이 앞서서 그만 협서. 나 무음은 정혜저시난 이제 변허지 안헙니다."

어머니의 목소리는 무척 고통스럽게 느껴졌다. 신지에게는 울음이 터질 듯한 목소리처럼 들렸다. 신지는 아저씨가 하는 말의 깊은 의미를 아직 잘 몰랐다. 하지만 신지는 어떤 경우라도 어머니와 전혀 다른 기분이 될 수 없었다. 그래서 겁에 질린 새끼원숭이처럼 어머니에게 달라붙은 신지는 이유도 없이 그만 불안을 감추지 못하고 벌벌 떨면서 어머니의 얼굴만 계속 바라보고 있었다.

어두워지자 도공 아저씨는 돌아갔다. 돌아가는 길에 아저씨는 어머니에게 이렇게 말했다.

"찬하네영 얘기 잘 뒈민 절차는 낼이라도 굴으레 오켜."

어머니는 그저 고개를 숙이고 있을 뿐 입을 꾹 다문 채 한마디 대꾸도 하지 않았다. 아저씨가 돌아가고 나서 어머니는 한동안 아무 말도 없었다. 골똘히 생각에 잠긴 채 콧물만 훌쩍거리고 있었다. 머지않아 슬슬 잠자리에 들 시간이 되었다. 신지는 항상 어머니와 함께 잔다. 그것은 정말 기분 좋은 일이었다. 그런데 오늘 밤은 그렇지 못했다. 어머니의 모습이 여느 때와 다르다. 신지는 까닭 모를 불안에 휩싸였다. 분명 어머니는 걱정거리가 있는 것이다. 어머니를 남겨두고 신지만 잠들어 버리는 게 뭔가 나쁜 짓이라도 저지르는 것 같아 견딜 수 없었다. 그래서 신지는 이불 속에 들어가서도 억지로 즐거운 생각을 하면서 잠들지 않으려고 애썼다.

신지는 어머니 손을 잡고 할머니의 집으로 간다. 할머니의 집은 바다 바로 앞에 있다. 하얀 모래사장 저편에는 넓은 바다가 반짝반짝 빛이 나 정말 아름답다. 바람이 불면 바다 냄새가 물씬 풍긴다. 물고기가 팔딱팔딱 튀어 오르는 일도 있다. 신지는 언제나 할머니 집이 가까워지면 더욱 큰 목소리로 노래를 부른다. 달아 달아 밝은 달아 이태백이 놀던 달아……. 신지의 목소리를 들으면 할머니는 기뻐하며 마당으로 나와 싱글벙글하며 신지를 맞아준다. 반짝반짝 빛나는 바다가 보인다……. 신지는 신이 나서 평소처럼 노래를 부르려고 했다. 그런데 어찌 된 일인지 지금은 전혀 목소리가 나오지 않는다. 정신을 차려보니 손을 잡고 있던 어머니가 없다. 어머니, 어머니…… 아무리 부르려 해도 말이 나오지 않는다. 게다가 신지는 어느새 바닷속에 있다. 얼룩무늬처럼 물결이 일렁이는 바닷속으로 한없이 가라앉는다. 살려달라고 하고 싶어도 목이 메어 말을 할 수가 없다. 숨이 막혀 너무 고통스럽다. 신지의 몸은 물처럼 투명하다. 바다에 녹아든 신지의 몸은 깊은 바닷물 아래로 쭉쭉 빨려 들어간다. 신지는 무서워져 허우적거리며 살려달라고 소리친다. 어머니, 어머니…… 신지는 꿈속에서 죽을힘을 다해 계속 불러댔다. 고추 언저리가 꽉 눌린 것처럼 괴롭다. 아, 오줌이 나올 것 같다. 그리고 갑자기 미지근한 것이 새어 나오는 것을 느끼면서도 신지는 좀처럼 눈을 뜨지 않았다.

다음 날 아침, 신지는 어머니가 평소보다 훨씬 일찍 깨웠다고 생각했다. 무서운 꿈을 꾼 신지가 그만 이불에 오줌을 싼 탓이다. 하지만 어머니는 여느 때와 달리 신지를 꾸짖지 않았다. 어머니는 슬픈 얼굴로 젖은 신지의 속옷을 갈아입혀 줄 뿐이었다. 신지는 조금 쑥스러웠지만 그런 일은 이내 잊어버렸다. 그리고 신지는 어머니와 함께 아침밥을 먹었다. 아침밥은 밥, 국, 생선 반찬이었지만 어머니와 신지는 시간을 들여 천천히 그릇을 다 비웠다. 그래서인지 여느 날보다 배가 더 부른 것 같아 신지는 매우 만족했다. 어제의 일 따위는 벌써 잊어버렸다.

그런데 바로 그때 어제처럼 걱정스러운 얼굴을 한 도공 아저씨가 찾아왔다. 아저씨는 방안으로 들어오자마자 허리를 굽혀 어머니 귓가에 빠른 말투로 소곤소곤 속삭였다. 그러자 어머니는 갑자기 벌떡 일어섰다. 어머니 무릎에 부딪힌 밥상이 쾅 소리를 내도 어머니는 거들떠보지도 않았다. 어머니의 눈은 마치 언젠가 닭을 훔친 도둑고양이를 노려보았을 때처럼 번쩍번쩍 빛났다.

"지금 당장마씨, 경혜도……."

불같이 화난 듯한 말투로 어머니는 아저씨에게 말했다. 어머니의 목소리는 나이 든 할머니의 걸걸한 목소리처럼 들렸다. 어떻게 된 일일까? 아저씨는 몹시 미안한 듯 입을 다

22

문 채 그저 고개를 끄덕일 뿐이었다.

"알아수다. 베낏디 나강 흐꼼 이십서. 야이영 둘이 말을 허쿠다. 잠깐이민 뒈어마씨……."

아저씨는 얼른 방을 나가버렸다. 어머니는 방문을 꽉 닫고 털썩 그 자리에 주저앉아 버렸다. 깜짝 놀란 신지는 그만 어머니의 품으로 달려들었다. 신지는 다시 어젯밤 일을 떠올렸다. 신지를 안절부절못하게 했던 것은 바로 이 때문이었을까. 게다가 어머니의 기색도 어제와 똑같았다. 그래서 신지도 어제와 마찬가지로 초조하고 불안하여 가슴이 두근거린다. 신지는 어떤 찰나의 표정도 놓치지 않으려고 어머니의 얼굴을 빤히 쳐다봤다. 어머니는 두 눈을 부릅뜨고 가만히 무언가 골똘히 생각에 잠겨있었다. 어머니는 돌연 아이가 싫어, 싫다고 하며 고개를 흔들듯 몇 번이나 얼굴을 가로저었다. 그러자 힘주어 부릅뜬 어머니의 눈에서 눈물이 주르륵 흘러내렸다. 어머니에게 분명 뭔가 안 좋은 일이 있는 것이다. 어머니의 슬픈 얼굴을 보고 있으면 신지도 저절로 어머니와 똑 닮은 얼굴이 된다. 어머니가 울고 있는데 신지가 어떻게 모른 척할 수 있겠는가? 어머니가 치맛자락으로 눈물을 닦자 신지도 손등으로 뺨에 흐르는 눈물을 훔쳤다. 어머니가 몸을 흔들며 크게 울 때는 신지도 발버둥치며 더 크게 울었다. 어머니가 아이고, 하고 한탄하면 신지도 온 힘을 다해 크게 한숨을 내쉬었다. 어머니와 신지는 모자간이고 오로지 단둘뿐이었다. 신지는 어머니를 무척 좋아했고 그래서 언제나 어머니와 함께였다. 신지는 세상에는 많은 아이가 있는 만큼 아이들의 어머니 역시 수없이 많다 하더라도 신지의 어머니는 한 명밖에 없다는 것을 잘 알고 있었다.

하지만 어머니는 언제까지나 신지와 이렇게 있을 수만은 없었던 모양이다. 어머니는 겨우 정신을 가다듬고 신지를 달래기 시작했다. 그러자 신지도 곧 기분이 풀렸다. 신지는 순진해서 어머니가 눈물을 보이지 않는 한, 신지도 훌쩍거릴 이유 따위는 없다. 더러워진 신지의 얼굴을 어머니는 말끔히 닦아 주었다. 다시 한번 옷매무새도 반듯하게 고쳐주었다. 그러고는 작심한 듯이 신지를 안고 방문을 활짝 열어젖혔다. 그것은 고심한 끝에 겨우 자신의 주변에 있는 무언가를 버리려고 결심한 사람의 몸짓과 흡사했다. 어머니는 열린 문밖으로 보이는 마당 저쪽을 가리키며 나지막하게 말했다.

"신지야, 저디 낭 보염지? 저디 큰 백영목."

마당 저편 돌담 너머로 늘씬하게 키 큰 백양나무 두 그루가 나란히 보였다. 신지는 고개를 끄덕였다. 어머니는 말을 이어갔다.

"저 큰 백영목 아래 신지가 애끼는 고무신을 놔뒁 와신디 신지가 강 그 고무신 가정 오젠? 신지 혼자 강…… 잘 보라, 저 큰 낭 아래이."

어머니는 등을 펴고 신지의 몸을 더 높이 들어 주었다. 백양나무는 잘 보였다. 때마침 바람이 살살 불어오고 파도 소리도 희미하게 들렸다. 마당에서는 보이지 않지만 바다도 가까이 있는 모양이다. 맑게 갠 하늘은 새파랗고 더없이 맑은 색이다. 그렇지 않아도 신지는 밖으로 나가고 싶어서 좀이 쑤셨다. 신지는 기운차게 가겠다고 대답했다. 어머니는 갑자기 신지의 두 어깨를 꽉 안고는 몇 번이나 뺨을 비볐다. 머리를 쓰다듬고 가슴과 등을 몇 번이고 문지르고 나서 작은 목소리로 중얼거렸다.

"착허다. 신지는……."

어머니는 마당을 가로질러 대문 입구까지 신지를 데려다 주었다. 신지는 거기서 일단 멈춰선 다음, 잡은 어머니의 손을 놓지 않고 조심스럽게 갔다 올 길을 살펴보았다. 그곳은 초목이 마른 잡초가 우거진 평범한 시골길이었다. 길 양쪽에는 현무암을 깨서 쌓아 올린 검은 돌담을 두른 낮은 집들이 한가롭게 늘어서 있었다. 주위는 쥐 죽은 듯 고요했다. 아직 이른 아침이다. 길을 지나가는 사람은 한 명도 없다. 밤사이 새롭게 거듭난 태양 빛 아래에서 땅바닥에 돌멩이 하나하나도, 조약돌과 움푹 파인 웅덩이까지도 선명한 그림자를 드리우며 상쾌한 아침 한때를 즐기고 있는 듯 보였다. 하늘은 드높게 한없이 펼쳐져 있었다. 두 그루의 백양나무도 돌담 바로 건너편에 선명하게 보였다. 키가 큰 백양나무와 키 작은 백양나무는 마치 부모 자식처럼 사이좋게 붙어서 있었다. 대나무 빗자루처럼 성근 잎이 다 떨어져 가는 우듬지가 바람에 살랑살랑 흔들리고 있다. 커다란 백양나무는 마치 고개를 흔들며 신지에게 이리와, 이리와 하고 손짓하는 것 같다. 보이는 모든 것이 기분 좋았다. 신지는 당장이라도 기뻐하며 앞으로 달려가기만 하면 되었다. 그런데 신지는 왠지 모르게 불안했다. 힘차게 목표물인 백양나무 쪽으로 달려갈 기분이 들지 않았다. 뭔가 안 좋은 일이 일어나는 건 아닐까? 어머니가 함께 가 준다면 얼마나 든든할까.

신지는 소심해져서 그런 자신의 마음이 전해지기를 기대하며 부탁하듯이 어머니의 얼굴을 쳐다보았다. 그러자 어머니는 얼굴 근육이 일그러지며 어색하게 미소를 지을 뿐이었다. 그래도 신지를 안심시키려고 한 번 고개를 끄덕여 주었다. 그러고 나서 어머니는 신지의 어깨를 살며시 길가로 밀었다. 마지못해 걷기 시작한 신지는 도중에 몇 번이나 대문 쪽을 돌아보았다. 어머니는 아직 대문 옆에 우두커니 서 있었다. 신지는 큰맘 먹고 잽싸게 돌담 모퉁이를 돌아 백양나무가 있는 방향으로 몸을 돌렸다.

더 이상 어머니가 뒤에서 지켜봐 주지 않는다고 생각하자 신지는 불현듯 엄습해 오는 불안함을 느꼈다. 신지는 황급히 백양나무를 향해 뛰기 시작했다. 어머니는 역시 거짓말을 하지 않았다. 백양나무 밑에 신지가 자주 신는 앞코가 둥그런 나뭇잎 모양의 작은 고무신이 가지런히 놓여 있었다. 아, 정말 다행이다. 신지는 고무신을 한 쪽씩 양손에 들자마자 뭔가에 쫓기고 있는 것 같은 기분이 들어 방금 왔던 길로 서둘러 되돌아가려 했다. 그러자 갑자기 기분 나쁜 두꺼비 같은 목소리가 들렸다.

"요놈, 이레 오라!"

신지도 익히 아는 목소리였다. 다름 아닌 어머니에게 심술궂은, 그러니까 신지도 싫어하는 찬하 아저씨가 틀림없었다. 근처 돌담 뒤에서 얼굴에 곰보자국이 있는 부엉이 아줌마가 먼저 뛰어나왔다. 아줌마는 신지 앞에 멈춰 서서 부엉이 날개처럼 두 팔을 벌려 신지의 앞을 가로막았다. 찬하 아저씨네 아줌마다. 아줌마는 갑자기 신지의 손목을 꽉 잡더니 애써 꾸민 상냥한 목소리로 말했다.

"신지, 착허지. 우리영 ㄱ치 집이 가게."

찬하 아저씨도 얼굴을 찡그리고 매서운 눈초리로 신지를 노려보며 느릿느릿 모습을 드러냈다. 정신을 차려보니 다른 어른이 두 명 더 있었다.

조금 전부터 느꼈던 알 수 없는 불안은 역시 이유가 있었다. 신지는 기를 쓰고 아줌마의 손을 떨쳐 내려고 했다. 그러나 아줌마의 손은 끈끈이처럼 찰싹 달라붙은 채 도저히 신지의 손목에서 떨어지지 않았다. 신지는 울먹이며 아줌마에게 애원했다.

"놔 줍서. 우리 어무니신디 가쿠다. 어무니영 배 탕 먼 디 갈 거우다!"

그러자 찬하 아저씨가 슬금슬금 신지 곁으로 다가왔다.

그리고 신지를 강아지처럼 번쩍 들어 올려 아줌마 등에 업혀 버렸다. 찬하 아저씨는 더럽지도 않은 양 손바닥을 털어 내면서 엄한 목소리로 신지에게 고함쳤다.

"경 혜 봐도 소용엇저!"

아줌마는 이미 빠르게 걷기 시작했다. 정신을 차려 보니 신지가 방금 왔던 길과는 반대 방향으로 걷고 있었다. 어디로 데리고 가는 것일까? 맞다, 집에 가는 거라고 아줌마가 말했었다. 그건 큰일이다. 신지는 저고리를 입은 아줌마의 등을 손에 쥔 고무신으로 콕콕 찌르며 아우성쳤다.

"어무니, 어무니, 살려 줍서. 날 잡아 감수다!"

그러자 그때까지 가만히 참고 있었던 아줌마도 신지가 하도 거칠게 울고불고하니 기분이 언짢아진 모양이었다. 갑자기 업고 있던 한 손을 떼어 신지의 엉덩이를 몇 번이나 찰싹찰싹 때렸다. 그러고는 성난 목소리로 무시무시하게 말했다.

"어무니라고? 느네 어멍은 엇저. 나라가 망허민 집안도 망헌덴 허는디. 영 부모 즈식도 흐터지고. 느네 어멍은 널 내불어 뒁 저 옹기쟁이영…… 에이, 빌어먹을. 가정을 버린 여저신디 새끼가 뭐라. 경허난 우리가 널 돌앙 가젠 왓저.

느 엇어도 느네 어멍은 잘 살 거여. 어멍 엇이 느도 잘 살 거여……."

신지는 부엉이 아줌마가 하는 말을 하나도 듣지 않았다. 다만 어머니가 저런 곳에 고무신을 두고 가지만 않았어도 일이 이렇게 되지는 않았을 거라고 생각했다. 그것이 분해서 견딜 수 없었다. 신지는 양손에 고무신을 꽉 쥐면서 정말 그 일만이 원망스러워 잊을 수 없었다.

소년

1

신지가 용하의 판잣집에 막 왔을 때만 해도 골목 끝에 이어진 옆길을 빠져나온 곳에 있는 큰길은 아직 울퉁불퉁한 길이었다. 희뿌연 흙먼지로 뒤덮인 땅바닥에는 발에 밟혀 모서리가 평평해진 돌멩이가 여기저기 눈에 띄었다. 마을은 번화가에서 훨씬 떨어져 있어서 주위는 조용하기만 했다. 그 어떤 소리도 들리지 않았고 사람도, 집도, 길도 그리고 물건조차도 각각 생김새와 목소리, 냄새를 간직하고 있었다.

큰길에서 조금 떨어진 2층으로 된 가게가 늘어선 곳에 사원을 본떠서 만든 처마 끝을 휘어 올린 이색적인 건물이 서 있었다. 그렇다고 해서 그 건물이 절처럼 보이지는 않았다. 주변 사람들은 이미 익숙해져 있어서 특별히 그 건물에 필요 이상의 관심을 보이지 않았다. 다만 지나가다가 건물을 처음 본 사람은 마치 밤길에서 뜻밖에 어둠보다 더 검은 무언가와 갑자기 마주쳤을 때처럼 움찔 놀란 표정을 짓는다. 멈춰 서서 찬찬히 바라보니 분명 색다른 데가 있는 건물이다. 주위의 집들은 서로 어깨를 맞대고 있어서 자못 친밀한 관계를 맺고 있는 것처럼 보였다. 그에 비해 3미터 남짓한 콘크리트 담장을 두른 그 건물만은 보는 이에게 주위의 집들로부터 외면을 당하고 있다는 느낌을 준다.

대로변으로 난 대문이 없는 마당으로 들어서면 오른쪽에 높은 돌담이 있다. 담 뒤편은 묘지였지만 그것은 담에 가려져 마당에서는 보이지 않는다. 작은 자갈로 촘촘히 깔아놓은 마당만은 정갈하게 단장한 여인을 연상케 하는 깔끔한 모습이었다. 돌담 아래 좁은 공터에 동백나무와 애기동백꽃, 목련이 심어져 있고 여름에는 솔잎모란과 봉선화가 붉고 노란 자그마한 꽃들을 피웠다. 마당 안쪽에는 사원을 흉내 내어 만든 본당으로 불리는 소향당(燒香堂)이 있고 그 뒤

32

로는 겹지붕의 오래된 검은색 건물 한 채가 음산하게 우뚝 서 있다. 차양 아래 흙벽에는 총구를 닮은 원형의 환기 구멍 여러 개가 가로로 나란히 뚫려 있었다. 흙벽 전체가 황갈색으로 그을리고 환기 구멍에는 마치 끝이 잘게 갈라진 솜을 연상시키는 까만 그을음이 부스럼 딱지처럼 달라붙어 있다. 겹지붕의 후미에는 적갈색의 벽돌로 만든 커다란 굴뚝 하나가 장엄하게 하늘로 우뚝 솟아 있었다. 그것은 꽤 먼 곳에서도 눈에 띄는 것으로 보아 굴뚝의 역할뿐만 아니라 건물의 안표 역할도 하고 있었다.

마당에는 고개를 숙인 조용한 행렬이 하루에도 몇 번, 때로는 수십 번의 행렬이 꼬리를 물고 찾아와 검은 건물 안으로 빨려 들어갔다. 판자촌에 온 지 얼마 안 되었을 때, 신지는 눈을 반짝이며 마당을 방문하는 행렬을 지치지도 않고 넋을 잃고 바라보곤 했다. 상여를 앞세우고 거리를 걸어오는 행렬도 있었다. 운구차가 검은색 자동차를 여러 대 거느리고 달려오는 경우도 있었다. 행렬은 마당에 들어서자 다시금 열을 가다듬으며 고개를 숙이고 느릿한 걸음으로 본당 안쪽에 자리한 검은 색 건물 쪽으로 걸어갔다. 금색으로 만든 연꽃과 달리아 꽃, 큰 꽃송이의 노란 국화와 짙은 녹색을

띤 붓순나무 등 형형색색의 헌화의 뒤를 따라 금란 가사를 화려하게 차려입은 승려들이 힘 있고 쩌렁쩌렁 울려 퍼지는 목소리로 독경하며 마당을 지나간다. 햇빛이 헌화와 승려들의 금란 가사에 반사되자, 가느다란 바늘을 떠올리게 하는 무지갯빛이 반짝반짝 도드라져 보였다. 그 모습을 지켜보던 신지는 감동한 나머지 후유 하고 한숨을 내쉰다.

운구차는 동양풍의 절을 닮은 지붕의 네 귀퉁이에 작고 귀여운 종 모양의 작은 방울을 매달고 있었다. 신지는 숨을 죽이고 그 순간을 기다린다. 봐라, 항상 그 장소에서 운구차가 차체를 기울여 마당으로 천천히 커브를 돌면, 네 개의 작은 종은 일제히 사랑스러운 음색으로 딸랑딸랑 연주한다. 건물을 찾는 사람들에게는 슬픔으로 가득 찬 행사이지만 신지의 어린 눈에는 마치 타국의 화려한 제례 행사처럼 느껴졌다. 그리고 마당에 접한 도로를 사이에 두고 자리 잡은 사무실 유리창 너머에서는 동탁 모양의 종이 빠르게 세 번 울려 퍼진다. 그것을 듣자, 마당 구석에 심어진 대나무 뒤편에 있는 대기소에서 머리를 묶은 자그마한 몸집의 인숙이 모습을 드러내고 빠른 걸음걸이로 장례행렬의 뒤를 따른다. 그럴 때 신지는 당차게 등을 꼿꼿이 세운 인숙의 뒷모습을 뿌듯한 마음으로 자랑스럽게 바라보았다. 분명 그녀는 화려한 제례를 담당하는 역할임에는 틀림없었으니까.

인숙은 작은 체구였지만 언제나 등을 반듯하게 펴고 빠른 걸음으로 걸었다. 초롱초롱한 갈색 눈동자에 활력이 넘치는 인숙은 쾌활하고, 굳세고, 억척스럽지만 눈물이 많고, 상대를 가리지 않고 지껄이는 수다쟁이에 부지런한 사람이었다. 매사에 굼뜬 걸 싫어하는 인숙은 모든 일에 정확하게 매듭을 짓지 않으면 직성이 풀리지 않는 데가 있었다. 판자촌의 여자들도 인숙을 눈치가 빠른 사람이라며 함부로 대하지 않았다. 때로는 눈물 많은 여자의 여린 감수성을, 때로는 어떠한 규칙과 속박에도 얽매이지 않아 사내를 방불케 하는 당찬 모습을 보이는 인숙은 감정 표출만은 그 어느 면에서도 철저했다.

신지가 용하네 집에서 살기 시작하고 얼마 지나지 않았을 때 용하의 집에 제사가 있던 날 밤의 일이었다. 제사가 끝나고 용하는 남아 있는 이웃집 남자들과 탁주를 나눠 마시고 있었다.

"저 여잔 지가 날 멕여 살린덴 생각헴서. 경 안허민 우리 궨당을 거지 취급허멍 경 쫓아내젠 허진 않을 거라. 나 얼굴에 먹칠 헌덴 허난!"

용하는 인숙이 친척 여자와 신지의 일로 언성을 높여가며 말다툼을 한 것이 매우 마뜩잖아 보였다. 취기가 오른 용하는 얼굴에 삐질삐질 진땀을 흘리며 이웃 남자들에게 연신 투덜거렸다. 여자 주제에 시끄럽게 주제넘은 짓을 하니까 집안에 말썽이 끊이지 않는다고 장황하게 불만을 늘어놓았다.

"저년이 경허민 나도 생각이 잇어. 나도 남저 아니라. 두고 보라게……."

이웃집 남자들은 용하만큼 쓸데없는 그 이야기에는 관심이 없는 듯 말없이 고개만 끄덕일 뿐이었다. 신지가 처음 용하를 만났을 때, 용하는 말수는 적었지만 뺨은 후덕한 얼굴에 아주 상냥하고 너그러운 사람처럼 보였다. 하지만 술을 마시면 마치 딴 사람처럼 변했다. 취기가 돌면 빨갛게 충혈된 눈에 탁한 막이 씌워져 음산한 기운이 돈다. 그 눈으로 힐끗 날카롭게 쳐다보면 신지는 가슴이 철렁 내려앉아 한없이 몸이 움츠러들었다.

술자리가 끝나고 이웃집 남자들은 자리를 털고 일어나 집으로 돌아갔다. 그러고 나서 인숙은 신지와 나란히 밥상에

둘러앉았다. 그러자 이미 만취한 용하가 치근치근하게 인숙에게 시비를 걸기 시작했다. 용하는 혀가 꼬부라져 발음도 똑똑치 않으면서 제삿날 밤에 친척 여자와 말다툼 한 일에 대해 따져 물었다. 인숙은 흥 하고 콧방귀를 뀌며 신지를 힐끗 쳐다보고는 빠른 어조의 일본어로 뭔가 말했다. 용하가 갑자기 붉은 눈을 부라렸다.

"새끼 ㅎ나 못 낳는 주제에 지 서방 챙피나 주곡. 아멩 주정뱅이렌 헤도 나가 이 집 가장 아니라?"

"무신 말이꽈? 나 이 아이 돌앙 올 때 확실히 곧지 안헤수꽈. 이 아이 일엔 일절 간섭허지 말렌. 경헌 걸 이제 왕 식충이 키우는 거추룩 곧지 맙서."

"우리 궨당이 어떵 헷젠 허는 거라? 아일 버린 건 자이 어멍 아니라……."

용하는 풀이 죽은 눈으로 말을 우물거렸다.

"버린 게 누게렌 허는 거꽈? 세상에 자기 새낄 아ㄲ왕 안 헐 어멍이 어디 이수꽈? 다섯 손가락 아픈 건 다 똑ㄱ타마씨!"

인숙은 다짜고짜 들고 있던 숟가락을 밥상 위에 거칠게 내던지고 화가 치밀어 오르는 듯 혀를 찼다. 그리고 옆에 있던 커다란 부채를 잡더니 공연히 휘휘 바람을 일으키며 경멸하듯 용하를 무섭게 쏘아보았다.

"에이구, 이 빌어먹을 연기 지긋지긋허다. 배 속 창지꺼지 썩은 거 닮다. 썩어, 썩는다고. 아이고, 나 팔자여!"

신지가 정신을 차려 보니 방 안에는 이상한 냄새가 나는 연기가 희미하게 떠다니고 있었다. 그것은 뒤편에 꽤 높은 진흙 빛 습기 찬 돌담을 넘어 서서히 방으로 들어오고 있었다. 인숙이 밥상에서 일어나 뒷 창문을 닫았다. 그러자 방에 가득 찬 연기가 오히려 동물성의 탄내 나는 냄새를 풍기며 신지의 코를 찔렀다. 신지가 지금까지 맡아보지 못한 악취는 이내 가슴을 울렁거리게 하고 금방이라도 토할 것만 같았다.

"나가 썩엇젠 허는 거라, 배 속꺼지 썩엇젠 허는 거라?"

용하가 입술을 깨물고 달려드는데도 아랑곳하지 않고 인숙은 그저 연기를 보며 욕설을 퍼부었다. 인숙이 토해내듯 쏟아내는 조선말의 의미는 처음부터 신지도 대부분 알아들었다. 그래서 인숙이 노골적인 말투로 연기를 마치 살아있는 무언가처럼 저주하는 순간, 신지는 더 이상 견딜 수 없어 나도 모르게 두 손으로 입을 틀어막았다.

"이 벙붕이! 저레 가라. 베낏디 강 허라!"

용하가 손가락으로 문 입구를 가리켰다. 신지가 밥상에서 일어나려 하자 인숙이 순식간에 가로막았다.

"지들리라, 세멘기 가정 오크메."

인숙의 그 한마디에 용하는 상당히 부아가 끓어오른 모양이다. 성난 표정으로 얼굴을 붉히던 용하는 갑자기 벌떡 일어섰다.

"너 어디꺼지 나안티 대들 거냐. 툭허민 기어올르고 함부로 지껄이고!"

용하는 갑자기 두 팔을 앞으로 뻗어 몸을 숙이며 인숙에게 달려들었다. 깜짝 놀란 신지는 손바닥으로 입을 막은 채 문간으로 뛰쳐나갔다. 꾹꾹 누른 구역질은 사정없이 점점 거세져 위벽을 치받쳐 올라온다. 문 앞의 수채로 뛰어가 입 안에 있던 것을 토해내도 구역질이 쉼 없이 치밀어 올라와 신지는 눈물을 글썽이며 계속 토해냈다. 그러자 기분이 조금은 가라앉았다. 방안에서 밥상이 뒤집히고 그릇이 널브러지는 소리가 요란하게 들렸다. 신지는 잽싸게 불이 켜진 옆집의 문을 두드리며 도움을 청했다.

"누게 어수꽈? 빨리 와 줍서. 사름 죽이젠 헴수다!"

안에서 머리가 희끗희끗한 작은 체구의 할머니가 한 손으로 치맛자락을 걷어올리며 황급히 밖으로 나왔다. 신지는 안도의 한숨을 내쉬고 집 마루로 발길을 돌렸다. 용하는 오른손으로 인숙의 머리카락을 휘어 감아 질질 끌며 벽에 밀어붙이고는 사정없이 허리를 걷어차고 있었다. 벌겋게 달아오른 얼굴을 고통스러운 듯 일그러뜨린 인숙이 용하의 손을 뿌리치려고 거칠게 숨을 내쉬며 안간힘을 쓰고 있었다. 옆집의 할머니가 손바닥을 치며 방으로 뛰어들어갔다.

"아이고, 또 시작헴시냐. 이 부치럼도 몰르는 놈아, 이놈아. 그만 허라. 이 난봉꾼아, 이거 노라. 영허당 사름 죽어……."

할머니는 고함을 지르며 용하의 팔을 힘껏 내리치며 두 사람을 떼어 놓기 시작했다. 어지간히 소란스러웠던지 할머니가 온 후, 조금 전 용하와 술을 마시던 사내들도 우당탕 들어왔다. 그 사람들로 방은 이미 가득 찼고 흩어진 그릇들을 걷어차며 그들은 역겨운 연기 냄새로 가득한 방안에서 목이 쉬고 땀범벅이 되어 엉켰다.

"삼춘, 인숙이 돌앙 나갑서!"

"아니, 내붑서. 이놈은 호뒈게 당혜사 헙니다. 이런 놈안틴 평생 새끼가 생길 수가 어수다. 이 천벌 받을 놈!"

"젊은 사름덜이 무사 영 헴시? 둘 다 욱허영 큰일이라. 아이고, 이 머리영, 몸이영 히히히……."

"이놈덜, 싸움 부추기지 말라. 중재헐 놈덜이 뭐 허는 것고"

간신히 용하에게서 벗어난 인숙은 머리는 산발이 된 채 다다미에 엎드렸다. 가슴이 답답한 듯 가쁘게 숨을 몰아쉬는 인숙에게 용하는 주먹을 불끈 쥐며 으름장을 놓았지만 아무래도 싸움은 그것으로 끝이 난 듯했다.

투덜거리면서도 방을 정리한 선옥 할머니가 돌아간 뒤에도 신지는 여전히 눅눅한 흙마루 어둠 속에서 꼼짝 않고 서 있었다. 신지는 끊임없이 차오르는 구역질이 너무나도 거북해서 참을 수 없었다. 그리고 눈에 보이지는 않지만 폐부 깊숙이 파고드는 악취를 머금은 연기가 언제까지나 사라지지 않고 마치 용하와 인숙이 서로 외면한 채 격렬하게 다투는 것처럼 집 안 구석구석까지 스며든 것만 같았다.

건물 굴뚝은 밤 9시경부터 한밤중까지 엄청난 연기를 내뿜었다. 바람 한 점 없는 여름밤에 연기는 자욱한 층을 만들어 묘지 뒤쪽 판자촌 위로 떠다닌다. 새벽과 함께 햇살을 머금은 공기가 부풀어 오르기 시작하자, 판자촌 주변은 알 수 없는 악취로 가득했다. 그리고 동네 사람들은 그것을 판자촌에서 만들어 내뿜는 악취라고 믿어 의심치 않았다.

2

용하 부부가 일을 나가 버리면 집을 보는 것과 영희를 돌보는 것은 신지의 일과다. 하지만 그것은 얼마나 따분한 일과인가. 책이라도 넉넉히 있으면 무료함을 달랠 수가 있으련만 몇 번이나 반복해서 읽은 것들뿐이라 이젠 질려버렸다. 그래서 신지의 발걸음은 저절로 골목 밖으로 향하고 싶어진다. 하지만 신지가 방을 빠져나와 골목에서 시간을 때우고 있으면 정해진 것처럼 선옥 할머니가 외치는 날카롭고 큰 목소리가 들려온다.

"신지 이놈아, 애기 막 울엄저. 흔저 오지 안허민 애기 눈물에 빠져 분다이!"

옆집 선옥 할머니는 하루 종일 방안에 앉아 매듭 묶는 부업을 한다. 키가 작고 원숭이처럼 얼굴은 주름투성이인데도 선옥 할머니의 귀만큼은 매우 감도가 좋다. 벽 너머에서 들리는 영희의 울음소리까지 또렷이 알아채곤 했다.

신지가 방에 돌아와 보니, 요람 속에 누워있는 영희가 얼굴을 찡그리며 기를 쓰고 울어대고 있었다. 배두렁이 대신 배에 덮어놓았던 기저귀도 발을 버둥거리다 걷어찬 듯 다다미 위에 널브러져 있다. 신지는 눈물과 땀에 젖은 영희의 얼굴을 수건으로 닦아주고 기저귀를 갈아주었다. 영희는 머리숱이 적고 갈색이었지만 새하얀 피부가 마치 수정처럼 투명한 느낌을 준다. 워낙 성깔이 까탈스러워 인기척에 무척 민감했다. 기분이 좋을 때는 요람에 눕혀 놓고 들여다보고 있으면 눈을 깜박이지도 않고 신지를 빤히 바라보는 버릇이 있다. 그러다 보면 맑고 투명한 눈동자 위에 얇은 눈물 막이 떠오르기 시작한다. 아직 이가 나지 않은 작은 입을 조금 오므렸다가 갑자기 크게 벌리고 깜찍하게 하품을 한다. 그래, 다 왔어! 신지는 얼마 안 남았다는 생각에 싱글벙글 웃는 얼굴로 기다리고 있다. 졸음이 쏟아지기 시작한 작은 새처럼 눈꺼풀을 슴벅거리던 영희는 이내 눈을 감고 잠이 든다. 눈가에서 작은 눈물방울이 주르르 흘러내리고 작은 조개껍질 같은 귓볼로 흘러간다. 신지는 거기까지 보고 수건으로 귓불에 떨어진 눈물을 살짝 닦아내고 네발로 기어 조용히 방을 빠져나간다.

영희는 잠에서 깨어나 곁에 인기척이 전혀 없으면 입술을 실룩거리며 울상을 짓는다. 신지가 일부러 요람 옆에 숨어서 지켜보고 있으면, 영희는 옆에 아무도 없는 것을 확인이라도 한 듯 작은 입을 힘껏 벌리고 요란스럽게 울기 시작한다. 그 모습을 보고 있으면 신지는 신기해서 견딜 수 없다. 영희의 울음소리가 새어나가면 벽 너머로 선옥 할머니가 큰 소리로 화를 낸다.

"신지야, 이놈이 어디 가시냐? 영희, 눈물에 녹아 불켜. 빨리 강 달래라. 신지야, 이놈아. 아이구, 또 놀레 간 생이여!"

선옥 할머니는 신지가 방에 있는 것을 분명 알고 있으면서 언제나 신지에게 큰 목소리로 말을 건네며 확인한다.

"이디 잇어마씨. 영희 옆이 잘 이시난, 인숙이 삼춘안티 이상헌 고자질은 허지 맙서예."

신지가 정색하고 변명하자 선옥 할머니는 오히려 재미있어하며 놀려댄다.

"아니, 영희 엉덩일 역불로 줍정 애기 울렷젠 영희 어멍신디 굴아 불켜. 알아시냐, 신지!"

신지는 할머니가 놀리는 것이라고 알면서도 마음에 걸려 밖에 나갈 수 없었다.

정오가 지나면 늦여름의 태양이 판잣집의 함석지붕을 지글지글 내리쬔다. 움막 같은 방에는 정신이 아찔해질 정도로 열기가 가득 차오르기 시작한다. 신지는 더위에 지치면 영희를 업고 도망치듯 묘지로 향한다. 묘지의 비석 사이에는 포플러나무와 협죽도의 수풀이 평온한 그늘을 만들고 있었다. 역겨운 냄새가 깃든 판잣집보다 죽은 사람이 잠든 묘지가 훨씬 편안하고 태평스러웠다. 신지는 포플러나무를 특히 좋아한다. 갈라진 굵은 줄기에 코끝을 대면 청산 같은 냄새가 난다. 그것은 신지가 고향 마을에서 자주 맡았던 냄새다. 조선에서나 일본에서나 포플러나무가 똑같은 냄새를 풍기는 것이 신기했다. 신지는 일본에 막 왔을 때, 조선 사람과 다른 말을 하는 일본인들이 너무나 낯설었다. 하지만 나무는 말이 필요 없다. 동백나무도, 포플러나무도 만지기만 해도 벌써 느낌이 전해져 온다. 묘지의 포플러나무는 '오늘도 또 왔어'라며 가지 끝 잎사귀가 바스락바스락 대답해 주는 것 같았다.

묘지는 인적이 드문 곳이다. 누구에게 방해받는 일도 없고 잡지도 읽을 수 있다. 묘지를 지키는 에이사쿠(榮作) 할아버지는 돌을 깔아놓은 통로를 대나무 빗자루로 정성껏 쓸고 있다. 신지와 에이사쿠 할아버지는 가끔 마주칠 뿐이지만 낯익은 사이였다.

"공부는 하는 거냐, 태평하니 좋구나."

포플러나무에 기대서서 등에 업은 영희를 달래며 책장을 넘기는 신지를 보자 에이사쿠 할아버지는 허리를 펴며 웃었다. 신지도 할아버지를 보며 웃는 얼굴로 인사를 건넨다. 머지않아 포석 위를 미끄러지는 대나무 빗자루가 내는 마른 소리가 서서히 멀어져 간다. 신지가 책에서 눈을 떼고 주위를 둘러보니 투명한 늦여름의 햇살을 받은 묘석의 매끈한 피부가 반짝반짝 빛나는 하얀 빛을 뿜어내고 있었다. 눈이 부셔서 신지는 저절로 눈이 감겼다. 바로 옆 작은 석당(石堂)에는 모든 것을 알고 있는 듯한 지장보살이 싱글벙글 웃으며 서 있다. 이 지장보살은 청소 일을 하는 센타로(千太郎)가 석당 앞에 놓인 불전함에서 불전을 빼냈을 때도 지금과 같이 싱글벙글 웃는 얼굴로 상냥하게 센타로의 행동을 지켜보고 있었다. 신지는 그때 묘석 뒤에 있었기 때문에 센타로 쪽에서는 전혀 눈치채지 못했다. 신지는 이 지장보살에게 특별히 친밀한 감정을 가지고 있었다. 지장보살은 자신의 불전을 훔친 센타로에게도 미소를 보내듯이 용하의 돈을 슬쩍슬쩍 훔치는 신지에게도 언제나 따뜻하게 웃어주니까.

묘지에서도 신지를 이유 없이 불안하게 만드는 것이 하나 있었다. 그것은 묘지와 마당의 경계를 가르고 있는 돌담 위에 일렬로 빼곡히 늘어선 50센티미터 정도의 불상이었다. 처음에 신지는 그것을 보는 것만으로도 다리가 후들거려 걸을 수가 없었다. 신지는 이전에 에이사쿠 할아버지가 묘지 한구석에서 그 불상을 만드는 모습을 우연히 본 적이 있다.

에이사쿠 할아버지는 화장터 창고에서 대나무로 만든 키에 넣어 꺼내온 뼛조각을 양철판 위에 펼치고 닥치는 대로 작업화 뒤꿈치로 짓이기고 있었다. 화장장에서 뼈를 건진 후에 남겨진 뼈 재 가루는 전부 창고에 쌓여 있었다. 마땅히 버릴 곳이 없는 뼈 재 가루를 처분하려고 궁여지책으로 불상을 만들고 있었다. 에이사쿠 할아버지는 짓밟은 뼛조각을 큰 나무망치로 두들겨 잘게 부순 뒤, 양철판 위에서 자갈과 시멘트에 버무려 물을 붓고 삽으로 퍽퍽 뒤집어 섞었다. 에이사쿠 할아버지는 뼈 재 가루와 섞은 시멘트 반죽을 미장용 둥근 인두로 퍼내 불상을 본뜬 나무틀에 채워 갔다.

일단 나무틀에 주입 작업이 끝나면, 그것이 건조되는 동안 에이사쿠 할아버지는 또다시 다음 작업 준비를 위해 나무망치를 두들겨 뼛조각을 부쉈다. 나무망치를 내려칠 때마다 뼛조각은 탁탁 날카로운 소리를 내며 잘게 부서졌다. 그 소리가 신지에게는 마치 죽은 사람이 이를 가는 소리처럼 들려 등골이 오싹했다. 에이사쿠 할아버지 주위의 바닥에는 나무틀에서 꺼낸 마치 갓난아기 같은 불상이 가지런히 줄지어 누워있었다. 이제 막 태어나서 물기에 젖은 것도 있고, 햇볕을 받아 희뿌옇게 말라붙어 까칠까칠한 시멘트 표면에 뼛조각이 하얗고 작은 얼룩처럼 군데군데 드러난 것도 있었다. 바닥에 평평하게 누워있는 불상을 바라보고 있으면 신지의 마음은 자기도 모르게 갑자기 뒷걸음질하고 싶어진다. 불상은 붉은색 턱받이를 한 지장보살과 어딘지 모르게 닮은 상냥한 얼굴이었다. 입술 가장자리에 희미한 미소를 띠고 반쯤 감은 눈으로 신지를 물끄러미 쳐다보고 있었다. 마치 '무슨 일이니 아가야, 여기 와서 나와 함께 자지 않을래' 하고 말하는 것처럼. 그것은 신지에게 전혀 짐작도 할 수 없는 세계에서 자신을 부르는 목소리 같아 몹시 우울해진다. 신지는 조심조심 에이사쿠 할아버지에게 갔다.

"할아버지, 뼛조각으로 그런 거 만드는 거 무섭지 않아마씨?"

"뭐라고, 이건 내 일이야."

"일이라도 그건 사람 뼈잖아마씨?"

"그래, 사람 뼈는 맞지. 하지만 이젠 사람이 아니야. 그냥 뼛조각이라고."

"그래도 그거 사람 뼈 아니마씨?"

"사람은 사람, 뼈는 뼈지. 사람과 뼈는 달라. 뼈에는 영혼이 없어. 뼈는 뼈야."

"그럼, 일하는 건 아무 일을 해도 상관엇어마씨? 뼈를 그렇게 짓밟으면 벌 받지 않습니까?"

"뭐라고, 나는 부처님을 만드는 거라고. 죽으면 나도 극락에 갈 수 있어."

에이사쿠 할아버지는 가벼운 돌을 연상시키는 여기저기 갈라진 손으로 흥하고 코를 풀더니 확신에 찬 듯 몇 번이나 고개를 끄덕여 보였다. 하지만 신지는 에이사쿠 할아버지의 말에 완전히 공감하지 못했다. 사람의 뼈는 사람과 마찬가지로 소중히 취급해야 하는 것은 아닌가……

"할아버진 거짓말쟁이! 사람 뼈는 더 소중하게 해야지. 그렇게 하다간 벌 받습니다. 죽으면 지옥 갑니다. 도깨비방망이로 두들겨 맞아마씨!"

신지는 너무 답답한 나머지 갑자기 화가 치밀어 올라 에이사쿠 할아버지에게 심하게 퍼부었다. 그러자 눈앞이 캄캄해질 정도로 두들겨 맞을 것 같은 생각이 들어 신지는 잽싸게 몸을 돌려 묘석 사이로 쏜살같이 도망쳤다. 껄껄거리는 에이사쿠 할아버지의 웃음소리가 등 뒤에서 들렸다.

"내가 나쁜 게 아니야. 주인이 이렇게 하라니까 하는 것뿐이야."

에이사쿠 할아버지는 화내지 않았다. 게다가 뭐가 우스운지 에이사쿠 할아버지의 계속되는 메마른 웃음소리가 잠시 동안 이어졌다. 에이사쿠 할아버지가 직접 만든 불상은 묘지 돌담과 화장터 가마가 있는 곳의 벽은 물론 천장 위까지 빼곡히 들어차 있었다. 신지는 지금도 그것을 보면 숨이 턱 막힐 때가 있었다. 사람의 뼈로 만들어진 그 불상은 상냥한 미소로 신지를 불러들여 신지가 모르는 먼 곳으로 끌고 가려는 것만 같아 견딜 수가 없었다.

3

여름이 끝나갈 무렵에 태풍이 심하게 휘몰아치고 폭우로 마을 운하가 넘쳐 집들이 물에 잠겨 한바탕 소동이 벌어졌다. 신지가 사는 판자촌에서는 지붕을 이은 함석이 바람에 날리고 비가 들이닥쳐 집안이 온통 물바다가 되었다. 사상 최대 규모라던 무로토(室戸) 태풍이 지나간 뒤 시내 곳곳에서 극심한 태풍 피해 상황이 전해져 판자촌 사람들을 놀라게 했다. 마을 인근에 있는 초등학교의 2층짜리 낡은 목조 건물이 무너져 수십 명의 학생이 교사와 함께 압사했다. 태풍이 지나간 뒤 며칠 사이 판자촌이 내려다보는 곳에 있는 적갈색 큰 굴뚝에서는 쉴 새 없이 엄청난 양의 짙은 연기가 뿜어져 나오고 있었다. 태풍 사태가 한창일 때 신지와 판자촌에 사는 아이들은 불어난 운하 물이 며칠째 골목에서 빠지지 않는 것을 좋아했다. 어른들의 고생은 아랑곳하지 않고 나무 대야를 흙탕물에 띄우고는 좁은 골목길에서 노를 저으며 놀았다. 물은 좀처럼 빠지지 않았다. 큰길이 완전히 평정을 되찾은 후에도 배수가 잘 안 되는 판자촌의 낮은 골목에는 곳곳에 물이 남아 있었다. 마치 판자촌이 물을 가둬 버린 것처럼.

침수 소동이 겨우 잠잠해질 무렵, 영희가 밤에 몹시 울어대기 시작했다. 인숙은 젖이 잘 나오지 않아 영희에게 분유를 먹이고 있다. 설사가 잦았기 때문에 영양을 보충하기 위해 포도당을 섞어 주었지만 가을이 시작될 무렵 영희는 눈에 띄게 쇠약해졌다. 너무 예민하고 섬약해져서 신지가 들여다보기만 해도 겁에 질려 울음을 터뜨리곤 했다. 분유를 먹이면 토하는 일도 있었다.

더 이상 의사만 믿고 있을 수 없어 인숙은 뒷골목에 사는 조선인 무당을 불렀다.

흰 치마 저고리를 입은 무당은 어깨 위로 비스듬히 흰 명주 가사를 걸치고 있었다. 두꺼운 종이로 접은 게의 눈알 같은 뿔이 양쪽으로 튀어나온 쓰개를 쓴 무당은 뚱뚱하고 제법 위엄 있어 보였다. 무당은 인숙의 오른손에 7~80센티미터 정도의 조릿대가 달린 대나무 가젱일 하나 쥐어 주었다. 됫박에 쌀을 담아 쟁반에 놓은 것이 무당과 인숙 사이에 놓여졌다. 조릿대에는 엿가락이 휘날리듯이 종이 부적이 몇 장이나 매달려 있다. 무당은 인숙에게 쌀이 담긴 됫박 속에 대나무 가지를 꽂도록 지시했다.

"준비돼시냐? 흔들리지 아녀게 꽉 눌르라. 쓸데엇인 생각 허지 말앙 이 대낭 가젱일 잘 보멍 눈 금으라. 눈 금으민 지금 본 대낭만 생각허라. 경허민 ᄆ음이 ᄎ분혜질 거여."

무당은 마치 인숙에게 최면술이라도 걸듯이 지시를 내리고 푸닥거리를 시작했다. 인숙은 왼손을 다다미에 짚고 눈을 감더니 대나무 가지를 꽉 쥐었다. 무당은 오랫동안 알수 없는 기도를 반복하고 있었지만 효과는 좀처럼 나타나지 않는 것 같았다. 인숙의 업보가 얼마나 끈질긴지 무당은 실망하는 기색을 띠더니 신탁을 내렸다. 판자촌의 여인들은 숨을 죽이고 뚫어져라 두 사람의 동정을 살피고 있다. 무당은 아이가 병약해 잇달아 일찍 죽는 것은 하는 일이 불결하기 때문이라고 거침없이 말했다. 신지가 선옥 할머니의 얼굴을 보자, 선옥 할머니는 기묘한 표정으로 무당의 말에 고개를 끄덕였다. 인숙은 잠자코 고개 숙인 채 불전을 시주하면서 몇 번이나 신에게 빌었다. 일에 관한 이야기를 들었을때, 인숙의 얼굴이 갑자기 변했다. 분명히 억울했던 것 같다. 선옥 할머니마저 무당의 신탁에 동의하고 있었으니 눈치 빠른 인숙은 더 괴로웠을 것이다. 같은 행동이 세 번이나 되풀이되었다. 기도의 효험은 아직 나타나지 않은 것 같았다. 판자촌 여자들도 애가 타는 듯 연신 동정하며 한숨을 내쉬었다. 네 번째가 되어서야 겨우 대나무 가지의 조릿대가 가늘게 떨리기 시작했다. 그리고 한번 떨리기 시작하더니 가지의 움직임은 점점 커지고 조릿대가 바스락바스락 소리를 내면서 계속 흔들릴 만큼 움직임이 강해졌다.

무당은 매우 만족한 듯 기도의 효험이 나타난 것이라고 말했다. 인숙은 고마운 듯 무당의 어조에 맞춰 큰 소리로 계속 기도를 하고 있었다. 무당은 젠체하며 입을 열었다. 이 집을 가호하는 영혼이 네 몸을 타고 지금 신나무를 움직이고 있다. 신령님의 도움으로 이 집에서 일체의 부정을 털어내고 만병은 신속하게 낫게 될 것이다. 무당의 말에 인숙은 눈물을 흘렸다. 인숙은 공물을 가득 담은 제단을 향해 황송하다는 듯이 합장하고 절을 세 번 반복했다.

그날 밤 영희는 이상하게 조용했다. 영희의 병세가 다소 진정된 듯해 보였는지 용하도 한잔 걸치고 기분이 좋았다. 이 정도로 좋아지면 돈 버는 것이라고 인숙에게 말을 걸곤 했다. 인숙도 기도의 효과를 철석같이 믿고 있는 듯 얼굴에 웃음기가 가시지 않았다. 하지만 신지는 뭔가 불안했다. 정말 이것으로 영희의 병이 나을 수 있을까. 낮에 거드름을 피우던 무당을 도저히 믿을 수 없었다. 무당은 기도의 답례 외에도 새전과 공물 그리고 됫박에 담은 쌀까지 고스란히 챙겨서 돌아갔다. 저래서야 판자촌의 아줌마들과 조금도 다를 게 없었다. 대나무 가지를 쥔 인숙의 오른팔은 틀림없이 부들부들 떨고 있었다. 대나무 가지를 일부러 움직인 게 아닌 것만은 분명했다. 움직이지 않으려고 해도 팔이 저절로 떨리고 멈추지 않았던 것은 알 수 있다. 그렇지만 의자에 걸터앉아 발꿈치를 들어 올리고 발가락 끝으로 다리를 지지하려고 하면, 무릎이 떨려 도저히 멈출 수 없는 일도 있지 않은가. 그것과 어딘가 닮은 듯하여 신지는 그다지 믿음이 생기지 않았다. 신지는 영희의 병이 걱정되었기 때문에 몹시 의심스러워졌다.

다음 날 아침부터 영희는 갑자기 울지 않았다. 갑자기 딸꾹질을 반복하기 시작했고 불쾌한 냄새가 나는 노란 점액이 입술 가장자리에서 조금씩 흘러나왔다. 신지가 수건으로 닦아 줄 때도 눈을 감은 채 콧방울을 부풀릴 뿐이다. 인숙이 아침상을 차리고 있을 때 선옥 할머니가 영희의 상태를 들여다보러 왔다.

"아이고, 큰일 낫저. 영희 어멍아."

요람 속에 누운 영희를 보자마자 선옥 할머니는 놀란 듯 큰소리로 인숙을 불렀다. 인숙은 스프링 인형처럼 부엌에서 튀어나왔다. 영희의 베개에 또다시 노란 점액 얼룩이 묻어 있었다.

"내음살 맡아 보라, 이거 똥 아니가?"

확실히 똥 냄새 같은 불쾌한 냄새가 나고 있었다. 게다가 약간 열이 난 듯 영희의 뺨 언저리는 불그스레해져 있었다. 인숙은 말없이 영희를 안고 맨발로 큰길 쪽으로 달려나갔다. 신지도 인숙의 나막신을 양손에 움켜쥐고 뒤따랐다.

영희를 진찰한 의사는 몹시 난처한 표정으로 고개를 갸웃거렸다. 의사는 덩치가 큰 사람이었다. 덩치가 큰 어른이 그것도 의사가 난처한 표정을 지으면 알 수 없는 불안감이 엄습해 온다. 진찰대 옆에서 무릎을 꿇은 채 눈 하나 깜짝하지 않고 의사를 올려다보던 인숙은 갑자기 두 손을 모아 애원했다.

"입에서 똥이 나오민 죽은덴 헙니다. 조선에서는 경 굴읍니다. 죽지 안허게 헤 줍서. 도와 줍서. 관장을 허민 낫을 거라예?"

의사는 얼굴을 찡그리고 머리를 흔들었다. 의사의 지시로 영희는 설비가 갖춰진 다른 큰 병원으로 옮겨졌다. 장기의 일부가 복막을 뚫고 밖으로 튀어나온 탈장(헤르니아)이 병원의 최종 진단이었다. 그대로 방치하면 복막염이 생기는 건 불 보듯 뻔했다. 하지만 어린아이라 수술을 감당할 만한 체력도 없고 성공할지도 의문이라는 것이다. 열이 나기 시작한 탓에 목이 타는 듯 영희는 손에 닿는 것을 뭐든지 입에 넣어 수분을 빨려고 한다. 입에 들어갈 만한 것을 영희 주위에서 치워 버리자 이번에는 손가락을 쉬지 않고 계속 빨았다. 영희의 작은 손가락 피부는 금세 불어나면서 혈관이 드러나 연분홍빛으로 변해 버렸다. 그런데도 의사는 수분을 주면 더 괴로울 수 있으니 최소한으로 자제하라고 주의한다. 무서워서 함부로 물조차 먹일 수가 없다.

영희는 병원으로 옮겨진 지 삼일 만에 죽었다. 개구리 배처럼 빵빵하게 불룩해졌던 영희의 배는 완전히 쭈그러들어 버렸고 작은 이불로 돌돌 말아 싼 영희의 몸은 토실토실한 느낌이라고는 찾아볼 수 없을 정도로 야위어 한없이 가벼웠다.

영희의 장례식 내내 용하는 술을 벌컥벌컥 들이마시고 비틀거리면서 운이 나쁘다, 운이 없다고 불평만 했다.

"무슨 소리라. 일헐 수 있는 동안은 아직 운이 좋은 거주. 일자리 엇이민 어떵 살 거라? 일을 못허게 뒈민 어떵 살 거라게?"

인숙은 영희를 묻을 때까지 목놓아 통곡하며 용하의 푸념을 외면했다. 용하의 나약함을 인정한다는 게 너무 비참했기 때문일 것이다. 일본에서의 생활은 일시적인 것일 뿐이다. 부지런히 벌어서 고향으로 돌아가면 된다. 진정한 삶은 그때부터 시작되는 것이니까 라고 생각하며 견뎌왔다.

"사름 입에 들어가는 건 ㄱ트주만은 반찬이 뒈기보단 밥이 뒈렌 허지 안혜수꽈? 반찬은 자꾸 바꾸멍 먹어도 밥은 안 빠지는 거난. 이녁은 남저 아니꽈, 어떵헹 남덜보다 더 나아지젠 안 헴수꽈?"

"흥, 암툭이 울민 집안 망헌덴 허는디 변변헌 새끼 ㅎ나 제대로 못 나는 주제에 큰소리치지 말라. 이 망헐 여편네야!"

용하가 자주 입에 담는 그 말을 증오로 가득찬 목소리로 소리쳤다.

"집? 집이라고, 망헐 집이 어디 이수꽈?"

용하는 부아가 치밀어 올라 입술을 깨물며 인숙을 노려보고 휙 하고 몸을 옆으로 돌리더니 다시 술을 벌컥벌컥 들이켰다. 신지는 인숙을 쏘아보는 용하에게서 포유류의 송곳니처럼 싸늘하게 번뜩이는 눈빛을 보았다. 그리고 그것을 되

받아치듯 용하를 돌아보는 인숙의 맑게 빛나는 갈색 눈동자에 깃들어 있던 깊은 슬픔의 빛깔도 보았다.

영희가 죽고 나서 갑자기 용하의 술버릇이 나빠지기 시작했다. 아침부터 술기운을 풍기며 하루 종일 마셨다.

용하는 몸이 아파 자리에 누워서도 쉽게 술을 끊지 않았다. 신지에게 술을 사오라고 시키고서는 신지가 들고 온 주전자를 받아들고 이불 위에 앉은 채 술잔에 따르지도 않고 홀짝홀짝 마신다. 인숙은 용하의 그런 모습을 보며 당나귀처럼 심술궂다고 깔본다. 당나귀는 일하는 도중에도 먹다 남은 먹이를 생각하면 아무리 엉덩이를 때려도 움직이지 않는다. 눈에 눈물을 글썽이면서도 다리에 힘을 주고 버티며 먹이를 달라고 울어댄다고 한다. 혹시 배가 고픈 것이 아니었을까? 신지가 궁금해서 물으면, 인숙은 배가 고플 것을 알면서도 남기는 것 자체가 좋지 않다고 단호하게 말한다. 인숙은 남에게 지는 것을 싫어하기 때문에 당나귀 같은 용하가 거슬리는 것이라고 신지는 생각한다. 게다가 용하의 몸속에는 뭔가 정체를 알 수 없는 어두운 구멍이 있어서 그것 때문에 공연히 술을 마시고 싶어 하는 것이라고밖에 신지는 생각되지 않았다. 그 어두운 구멍 탓에 한 시간도 지나지 않았는데 또 큰길 술집에 심부름을 가야 하는 것은 신지다.

하교할 때에는 상점가의 사거리에 반드시 불량한 패거리가 모여 신지를 기다리고 있었다. 같은 판자촌의 기학이까지 일본인 아이들 패거리에 끼어 있기도 했다. 신지를 발견하자 소년들은 큰소리를 질렀다. 코가 사자를 닮은 시게루(茂)라는 아이가 앞장서서 소리를 지르며 선동한다.

조선의, 산속의, 어디선가 들리는 돼지 소리.

소년들은 시게루와 함께 더 크게 날뛴다.

아, 꿀꿀. 아, 꿀꿀. 꿀꿀꿀.

시게루가 계속하면 다른 소년들도 같은 문구에 리듬까지 능숙하게 붙여가며 따라 한다. 다른 한 명이 좋다, 좋아라고 손짓을 하자 다시 전원이 일제히 반복했다.

조선의…….

신지는 등 뒤에서 와락 덮쳐오는 소년들의 함성 속에서 날카롭고 드높은 기학의 목소리가 불쾌하게 귓가에 쟁쟁하게 울리는 것을 들으며 쏜살같이 판자촌 골목으로 달려간다. 주전자에 담긴 술을 흘리지 않으려고 안간힘을 쓰며 방에 뛰어들자, 초조해하던 용하는 다짜고짜 술을 목구멍으로 흘려보낸다. 그러고 나서 용하는 통통 부은 누런 다리를 뻗으며 주무르라고 명령한다. 눈을 감고 누워있는 용하는 기분이 좋은 모양이다. 하지만 신지는 언제 끝날지 알 수가 없다. 손끝이 저려온다. 하품이 목까지 차오르고 눈꺼풀이 겹쳐질 듯 무거워진다. 손가락의 움직임이 내려오는 눈꺼풀에 이끌려 어느새 동작을 멈춘다. 용하가 다 큰 떼쟁이처럼 누런 다리를 흔들며 제대로 주무르라고 주문한다. 신지는 손가락 끝에 다시 힘을 가해 주무르기 시작한다. 땀을 닦아내며 졸음을 쫓는다. 목이 바싹바싹 마른다. 시장 거리의 과자가게 앞에 놓인 냉장고가 눈에 어른거린다. 새로 들인 냉장고의 구릿빛 표면에 시원해 보이는 물방울이 가득 맺혀 빛나고 있다. 차가운, 차가운 레몬 물이다. 수도꼭지 모양의 수전을 돌리면 투명하고도 노란빛의 차가운 액체가 꿈인 것처럼 샘솟듯 내뿜는다. 달콤한 레몬 물 한 잔에 1전이다. 하얀 바탕에 얼음이라는 글자를 빨갛게 물들인 작은 깃발이 차양 아래서 바람에 살랑살랑 흔들린다. 처마 끝에 매단 빨강, 초록, 보라색이 휘감긴 이발관의 표시등이 빙글빙글 돌고 있다…….

"이놈."

용하가 재촉하는 소리에 신지는 퍼뜩 정신을 차리고 손끝에 힘을 준다.

하교 시간은 신지에게 가장 싫은 시간이었지만 오전 중의
심부름은 밖에 나다니는 것만으로도 즐거웠다. 시게루 패거
리를 신경 쓸 필요도 없고 빈 주전자를 휘휘 흔들며 상점가
의 간판을 눈에 띄는 대로 읽으며 어슬렁어슬렁 걷는다. 담
배 가게, 우동 가게, 목화솜 가게, 꽃가게, 약국이 있고 자전
거 가게가 있다.

"약제사 노무라 신타로, 구스리······시, 노무라 신타로우."

모르는 글씨는 건너뛰고 읽는다.

"하세가와 자전거점, 나가타니가와 지텐샤 미세."

"와타나베 불단점······? 호토케······미세."

"오카자키 주점, 오카······사케 미세."

포렴을 제치고 들어가려던 신지는 팔을 잡혀 밖으로 끌려
나왔다. 시게루였다. 간판 읽기에 정신이 팔려 알아채지 못
했지만 시게루의 뒤에 기학도 엷은 웃음을 띠고 서 있었다.
맞다, 일요일이었구나!

"술을 얼마나 살 거야?"

시게루가 물었다.

"10전······."

"두 홉이야?"

신지는 고개를 끄덕였다.

"그럼, 너 8전짜리로 사. 그래 봤자 달라질 거 없잖아. 너희 삼촌 같은 알콜 중독자는 맛을 모르니까 괜찮아. 우리 아버지도 술에 취했을 때는 몰랐어. 걱정하지 마."

시게루는 자신 있다는 듯이 말했다.

"허렌 허는 대로 해. 싫덴 허민, 조선 도세기 또 가만두지 안허크라."

옆에서 기학이 교활한 눈빛으로 말을 이었다. 신지는 8전짜리 술을 두 홉 샀다. 거스름돈은 시게루가 빼앗아 버렸다.

"와, 한 턱 낼게."

시게루는 어른스러운 말투로 나막신 같은 각진 턱을 내밀며 신지를 재촉했다. 가게에 끌려가 시게루는 레몬 물을 두 잔 마셨고, 신지와 기학은 한 잔씩 마셨다. 신지는 묘한 생각이 들었다. 신지의 손에서 시게루에게 건너간 4전이 모두 어디론가 사라져 버렸다는 것이 더없이 이상했다. 신지의 입안에는 새큼한 레몬 물의 뒷맛이 혀에 녹아 있고 그것은 점점 쓴맛으로 변해갔다. 돈도, 레몬 물도 모두 어디론가 사라져 버리고 용하의 술값을 빼돌렸다는 죄책감과 후회만

이 신지의 가슴을 짓누르고 있었다. 왜 이렇게 되는 걸까?

"자, 이제 너도 우리와 친구야."

시게루는 손바닥으로 입술을 쓸며 신지에게 말했다.

"원래는 말이야, 화장장에서 일하는 인부인 온보(隱坊)의 자식은 친구로 두지 않아. 그렇지만 너는 특별히 돈줄이니까. 온보가 무슨 말인지 알지?"

"몰라."

신지는 얼굴을 붉히며 말했다.

"거지보다도 더 천한 인간들이지. 너희 집 말이야, 바로 그거야!"

시게루는 신지의 눈을 빤히 쳐다보다가 쐐기를 박듯 히죽 웃었다.

"앞으로도 술은 8전짜리로 사. 알았지? 나머지는 나한테 갖고 오는 거야, 싫다고 하면 가만 안 둘 거야."

시게루는 신지의 등을 떠밀며 빨리 돌아가라고 턱을 치켜올렸다.

"너네 인숙이 삼춘안티 말하민 가만두지 안허크라, 알앗나?"

옆에 있던 기학이 신지에게 다시 한번 으름장을 놓았다.

집에 돌아와서도 시게루의 말이 이상하게 머릿속에 박혀

떠나지 않았다. 시게루의 아버지 센타로는 화장터의 청소부였다. 기학의 아버지는 밀주를 만드는 일을 했다. 에이사쿠 할아버지는 묘지를 지키고 있다. 세상에는 여러 사람이 있듯이 일에도 여러 종류가 있고 용하의 일도 그중 하나일 뿐이 아닌가. 거지도 일이란 말인가. 판자촌에도 구걸하러 오는 사람이 있다. 인숙이 잔돈 몇 푼을 주는 것을 신지도 본 적이 있다. 하지만 그건 아무리 생각해도 일이라고는 생각되지 않는다. 시게루는 용하의 돈을 훔치라고 말했다. 시게루가 자신이 한 말을 믿고 있다면 그런 짓은 할 수 없을 것이다. 시게루는 잘못된 생각을 가지고 있다…….

하지만 그 후로도 시게루는 신지의 곁을 맴돌며 떨어지지 않았다. 따돌림을 당하고 조선 돼지라고 놀림 받기 싫으면 시게루의 말을 따를 수밖에 없다. 술값을 삥땅하는 것은 한동안 계속됐다. 한심하게도 신지는 잘 길들여진 재주넘는 원숭이처럼 빼먹지 않고 빼돌린 돈을 시게루에게 바쳐야 했다.

4

용하가 자주 집을 비우는 밤이 이어졌다. 그런 밤이면 인숙의 얼굴에 어떤 광기가 느껴졌다. 눈을 치켜뜨고 신지를 호되게 꾸짖는 일도 있다. 신지는 그럴 때의 인숙이 몹시 싫다. 평소 인숙은 매사에 크게 구애받지 않는 시원시원한 성격이었다. 그런 인숙을 신지는 무척 좋아한다. 일터에서도 인숙은 일도 잘하고 눈치도 빨라 평판이 좋다. 판자촌의 아줌마들도 인숙을 모두 마음에 들어 했다. 신지는 내심 그런 인숙이 자랑스럽기까지 했었다.

신지는 방구석에 이불을 펴고 언짢게 기어들었다. 화로의 가장자리를 꽉 잡고 눈을 치켜뜨고 있는 인숙이 못마땅하기만 하다. 평소의 친밀감은 흔적도 없이 사라져 버려 먼 타인 같다. 왜 저럴까? 언제나 용하가 밉다고 입버릇처럼 말해 놓고 말이다. 용하가 집을 비운들 무슨 상관이란 말인가. 집을 비우는 것은 고사하고 차라리 이 세상에서 사라졌으면 좋겠다. 그렇게 된다면 얼마나 개운할까?

신지는 꾸벅꾸벅 졸면서 용하에 대한 생각을 떨쳐내지 못했다. 인숙이 쉬지도 못하고 일해야만 하는 것은 용하가 술만 마시는 탓이다. 작업원 휴게소에서 낮잠만 자는 용하는 게으른 개나 다름없다. 저런 용하를 쫓아내면 좋으련만 ……. 괘종시계가 쉰 소리로 열두 시를 쳤다. 신지는 눈을 뜨고 멍하니 방을 둘러보았다. 화로 옆 인숙의 모습이 보이지 않았다. 주전자 속의 물이 조급하게 부글부글 끓고 있다. 신문지를 바른 벽 위로 수증기의 그림자가 힘차게 피어오른다. 수증기가 전등 주변에 감돌고 있어 뿌옇게 보인다. 신지는 벌떡 일어나 전등의 스위치를 비틀어 끄고 다시 이불을 머리까지 푹 뒤집어썼다. 용하와 인숙이 싸움을 하면 언제든지 신지에게 불똥이 튄다. 용하 따위는 없어지면 된다. 헤어지면 속까지 시원해질 텐데…….

혼자다, 혼자다 하고 어둠 속에서 누군가가 신지에게 속삭인다. 나는 언제나 혼자라고 신지는 생각한다. 혼자다, 혼자다, 혼자다 하고 시계추가 집요하게 말하는 것 같다. 버리지 말아 달라고 시계추가 째깍째깍 소리를 내며 또다시 말을 건넨다. 놓지 않을 거야, 놓지 않을 거야라고 시계추가 답을 하는 것만 같다. 놓지 않아……, 놓지 않아…… 먼 청각의 깊숙한 곳에서 누군가가 낮은 목소리로 속삭이고 있다. 주전자가 부글부글 소리를 내며 끓고 있다. 시계추가 째깍째깍 울고 있다. 놓지 않는다고 희미한 목소리가 온몸에 휘감긴다. 신지는 가슴이 답답해서 몸을 뒤척였다. 놓아주지 않을 테니…… 깨어나려는 신지의 귓가에 낯선 인숙의 목소리가 흘러들어왔다. 용하가 억누른 듯한 억양으로 속삭이는 소리가 신음처럼 신지의 귀에 미끄러져 들어왔다.

"여자안티서 온 호객 펜질 몰래 보관해낫수다. 택시 운전수신디 주소를 보여줭 가곌 알아낸마씨. 나가 들이닥치난 용하가 잘도 당황헙디다. 삼촌, 정말 구경거리라나수다. 설마 경 밤중에 쳐들어갈 거렌 생각도 못헤실거라마씨."

인숙은 하얀 이를 드러내며 선옥 할머니에게 말했다.

"용하가 무신 생각을 헴신디 몰르난 그냥 잡앙 끌엉 오랏구나?"

"나가 차꺼지 대절헹 간 거 보난, 그디서도 나가 진짜 본때를 보여주젠 헴구나 생각헌 거주마씨. 가게에 다른 손님 덜안티 피해가 가카부덴 바로 불러 주멘마씨."

"경헹 어떵 뒈샤? 화해 헤샤?"

선옥 할머니가 고개를 뒤로 젖히며 의미심장한 웃음소리를 냈다. 따라 웃는 인숙도 신지에게는 여태껏 본 적 없는 낯선 웃음이었다. 방에 올라서려던 신지는 그대로 흙마루에 우두커니 섰다. 신지는 인숙과 선옥 할머니의 이야기를 똑똑히 들었다. 들리는 내용뿐만이 아니라 그 말 뒤에 담긴 숨은 의미도 신지는 분명히 들었다. 인숙의 웃음은 어딘가 꺼림칙하게 느껴졌다. 그 웃음은 신지의 마음속에 검은 얼룩 같은 것으로 각인되어 박혔다. 신지는 그때 그녀들 주위에 갑자기 투명하면서도 아주 튼튼한 막 같은 것이 에워싸는 것을 보았다. 그것은 분명히 신지가 방에 들어오는 것을 거부하고 있었다. 정체 모를 무언가가 인숙을 한없이 멀리 데리고 가 버리고 있었다. 인숙으로부터 저만치 떨어진 공간에 신지만 홀로 남겨져 있었다. 신지는 용하가 미웠고 인숙도 용서할 수 없을 것 같았다.

여름 방학이 되자, 시게루가 묘지에서 눈을 번뜩이기 시작했다. 시게루는 명절에 성묘를 하러 온 사람들에게 물통과 동백나무, 향을 가져다주고 용돈을 받는다. 초등학교 고등과에 진학한 시게루는 마치 불량배인 체하며 신지를 종 부리듯 했다. 시게루는 틈만 나면 화장터 마당이 내다보이는 묘지 돌담 위 협죽도 덤불이 우거진 그늘에서 시간을 보냈다.

"야, 캐러멜 있어, 올라와."

말을 들으면 신지는 뿌리칠 용기가 없다. 신지는 묘석 받침대에 발을 올려 돌담 위로 기어 올라갔다.

"캐러멜이야, 빨아먹어. 아까 건너편 무덤에서 두 상자 훔쳤어."

담장에서 지켜보다가 성묘객이 남긴 무덤의 공물을 훔치는 것도 시게루의 일과 중 하나다. 신지는 시게루가 준 캐러멜 포장지를 벗겨 입에 넣었다. 신지는 작업원의 휴게소에서 잠에 취해 있을 용하를 생각하고 있었다. 인숙의 심부름으로 깨우러 가도 용하는 무거운 돌처럼 꼼짝도 하지 않았다.

"무슨 일이야? 바보 같은 얼굴을 하고?"

시게루가 신지를 들여다보며 말했다.

"우리 용하 삼촌이 또 술 마시기 시작했어. 아무리 깨워도 일어나지 않아. 인숙이 삼촌이 화장터에서 기다리는데."

"그거 좋은 일이네. 다시 술을 마시기 시작하면 용돈도 벌 수 있잖아. 놔둬. 내버려 둬."

"우리 인숙이 삼촌은 또 배가 불러오잖아. 일이 고되다고 말하는데도 용하 삼촌은 태평하게 낮잠이나 자. 인숙이 삼촌만 불쌍해."

"바보야, 뭐가 불쌍해. 그런 놈의 아이를 왜 낳는 거야. 너나 인숙이 삼촌이나 어지간히 미쳤구나!"

신지는 갑자기 혀가 굳어져 말을 잇지 못했다. 주체할 수 없이 심장이 두근거려 볼이 화끈 달아오른다. 어느 날 밤, 어둠 속에서 들었던 용하와 인숙이 뒤엉키는 소리가 귓속에서 터져 나오는 듯하다. 개구리를 연상시키는 인숙의 큰 배가 눈에 어른거린다. 그 안은 무거운 어둠 같은 것으로 가득 차 있는 것 같다. 그것은 무엇일까? 얼음처럼 차갑고 기름처럼 활활 타는 것 그러면서도 칠흑 같은 어둠과 같이 신지는 그것이 무엇인지 전혀 보이지 않아 알 수가 없다.

사람을 훑어보는 듯한 시게루의 시선이 신지를 응시하고 있었다. 신지의 희미한 눈동자의 떨림도 놓치지 않는 눈빛이다.

"너, 개 하는 거 본 적 없어?"

시게루는 무슨 생각을 했는지 의미심장한 엷은 웃음을 띠며 눈치를 살폈다. 신지는 허세를 부리며 코웃음을 쳤다. 마음속의 동요를 시게루에게 들키지 않자 여유가 생겼다. 하지만 신지가 마음을 놓기에는 아직 너무 일렀다. 교활한 눈빛으로 돌변한 시게루는 이불 속에서 말이야 하고 되받아쳤다. 무슨 말일까? 신지가 알 수 없다는 표정을 짓자, 개가 이불 속에서 양말을 신는 것이라고 시게루는 교묘한 추격을

해 왔다.

"그러니까 개 그거 말하는 거 아냐?"

"맞아, 개의 그거야."

시게루는 듣고 싶지라고 묻기라도 하듯 아이답지 않은 능구렁이 같은 웃음을 지으며 신지를 바라보았다. 겸연쩍어진 신지도 그만 히죽 웃고 말았다. 시게루의 웃음과 같은 색깔의 웃음이 신지의 얼굴에 옮겨붙었음을 확실히 알 수 있다. 신지는 이미 되돌릴 수 없는 승낙을 한 것이다. 비밀스러운 약속을 맺은 일은 오히려 신지를 대담하게 만들었다. 신지는 시게루를 재촉했다.

시게루의 작은 입에서 센타로 부부가 밤중에 벌이는 행위의 모습이 선명하게 떠올랐다. 너무 적나라해서 구역질이 날 정도였다고 시게루는 입술을 일그러뜨리며 말했다. 그래서 시치미를 떼고 물어본 거야. 아빠, 이렇게 어두운 데서 뭘 자꾸 찾는 거야, 어? 아버지의 대답이 너무 어이없어. 양말을 신고 있었어. 이렇게 발끝이 차가우니 잠을 잘 수가 없어……. 이상하네, 무슨 잠꼬대 같은 소리야. 한여름에 양말을 신고 자는 사람이 어디에 있어? 집요하게 물으니 아버지가 진심으로 역정을 내더라고. 시끄럽게 굴지 말고 잠이

나 자! 흥, 아버지의 혀가 꼬부라진 게 더 웃겼어. 그리고 며칠 지나 재미있는 일이 있었어. 저기 마당에서 국숫집 개가 누구네 집 암캐의 등에 타서 침을 흘리고 있었어. 내가 엄마를 데려와서 보여줬어. 그리고 시치미를 뚝 떼고 말했지. 저거 봐요, 개가 양말을 신고 있는데…….

"어때, 정말로 개가 이불 속에서 양말을 신은 얘기지?"

시게루는 말을 멈추고 갑자기 어색한 웃음을 터뜨렸다. 하지만 시게루의 눈은 결코 웃고 있지 않았다. 짝짝이 모양의 섬뜩한 시게루의 눈에서는 웃음기라고는 찾아볼 수 없었다. 그것은 어두운 그늘이 드리운 두 개의 작고 고독한 구멍을 연상시켰다. 신지는 그 어두운 그림자에 이끌렸던 것이다. 그것은 입에서 나오는 말처럼 소리를 내지는 않았지만 시게루의 눈빛이 하는 말을 신지도 알 것 같다.

"남자나 여자나…… 낮과 밤은 천지 차이야. 송충이가 나비로 변하는 것처럼 확 돌변한다니까. 너희 인숙이 삼촌도 혹시 알아? 그거야 너희 용하 삼촌도 모를 일이지."

시게루는 돌담 위에 일렬로 단정하게 늘어선 불상의 머리를 한 손으로 툭툭 두드려 보였다. 시멘트가 떨어져 나가 하얀 뼛조각을 드러내고 있는 에이사쿠 할아버지가 만든 불상은 시게루에게 맞아도 평온하다. 입가에 부드러운 미소를 띠고 있다. 그러자 신지는 머리가 뜨거운 덩어리가 되어버린 것처럼 후끈 달아올랐다. 시게루를 믿고 싶지 않았다. 하지만 믿고 싶지 않은 것이 시게루의 교활함인지 그 말인지 신지도 그것을 확실히 알지 못했다.

"나, 명패 받고 올게."

신지는 시게루에게 말을 남기고 돌담에서 뛰어내렸다.

"아무리 인숙이 삼촌 편을 들어줘도 다 소용없어!"

시게루가 돌담 위에서 확신에 찬 목소리로 날카롭게 쏘아붙였다. 시게루는 정말로 그렇게 믿고 있는 것 같다. 신지는 아무런 대답도 하지 않고 묘지를 빠져나갔다.

장례행렬은 본당 옆에서 안쪽 건물로 사라져 가고 있었다. 신지는 서둘러 사무실 창구에서 명패를 받았다. 이런 잔심부름도 인숙에게는 도움이 되는 일이니 조금은 흐뭇하다. 심부름을 빨리 끝내면 그만큼 인숙에게 도움이 될 것 같다. 신지는 마당을 가로질러 단숨에 화장터가 있는 곳으로 달려갔다.

"다들, 수고하십니다."

인숙이 상복 차림의 참석자들에게 공손히 인사를 했다.

원피스 위에 하얀 앞치마를 두르니 배가 더 볼록 튀어나와 보인다. 세게 누르면 풍선처럼 터질 것만 같다. 상복 차림의 여자들의 눈이 흘끗흘끗 인숙의 배에 쏠리는 것을 신지는 보았다. 그리고 서로 고개를 작게 끄덕이고 있다. 인숙의 나온 배는 확실히 이 자리에 어울리지 않는 위화감을 준다. 인숙의 배가 어느 정도의 동정심과 그보다 더한 호기심 어린 참석자들의 눈에 커다란 놀림감이 되는 것 같아 신지는 안쓰러웠다. 아무래도 인숙이 이런 꼴을 당하는 것은 용하 탓이다. 바보처럼 입을 벌리고 잠에 곯아떨어진 용하를 떠올리자, 신지는 화가 치밀어 참을 수 없었다.

"명패 가정 와수다!"

신지는 일부러 되바라진 목소리로 소리 높여 인숙에게 말을 걸었다. 그것은 참석자의 시선을 인숙에게서 떼어 놓으려는 신지의 속셈이다. 주위의 시선을 의식하면서 신지는 위패 모양의 양철판에 고(故)……라고 하얀 글씨로 고인의 이름이 적힌 명패를 위로 치켜들고 팔랑팔랑 흔들어 보였다. 인숙이 고개를 끄덕였다. 갈색 눈동자는 여느 때처럼 초롱초롱 빛났지만 인숙의 눈꼬리에는 옅은 기미가 도드라져 보이고 볼은 야위어 수척해 보인다. 치켜 올라간 눈꼬리의 얼굴은 지친 여우처럼 험상궂게 보였다.

신지는 참석자의 뒤쪽을 가로질러 어두컴컴한 통로 안쪽으로 걸어갔다. 통로 위 벽면에도 에이사쿠 할아버지가 만든 불상들이 어깨를 나란히 하고 빼곡히 서 있다. 매캐한 연기에 시커멓게 그을린 불상은 빛이 닿지 않는 어두운 공간에서 검은 얼굴로 신지를 빤히 내려다보고 있다. 높은 천장 끝까지 검게 그을린 건물 내부도 검은 움막을 연상시켰다. 공기마저 검게 물들어 있어서 숨을 쉬면 몸까지 시커멓게 물들어 버릴 것 같아 어쩐지 꺼림칙하다. 신지는 열기로 문드러지고 붉게 녹이 슬어 군데군데 얇은 표면이 벗겨진 5번 화장로의 철문 위에 튀어나온 멈춤 쇠에 명패를 걸었다.

"이치로 씨는?"

사무실에서 둘러보러 온 사내가 인숙에게 물었다. 그러자 인숙은 신지의 얼굴을 바라보며 턱을 치켜올렸다.

"아까 담배 사례 가수다."

짝꿍이 없으면 일이 제대로 될 리가 없지. 신지는 일부러 태연하게 큰 소리로 대답했다. 그렇게 둘러대면 인숙의 체면도 설 것이고 나중에 용하에게 싫은 소리를 듣지 않아도 될 것이다.

　시게루의 아버지인 센타로가 불려왔다. 인숙은 나온 배를 옆으로 돌려 좌관에 대고 엎드리는 모양새로 관을 들어 올렸다. 5번 화장로까지는 10미터 정도의 거리이다. 인숙은 입을 쩍 벌리고 가쁜 숨을 몰아쉬며 비틀비틀 걸어갔다. 인숙의 다리가 비틀거릴 때마다 센타로는 얼굴을 찡그리며 보조를 맞추었다. 관의 옆부분이 원피스를 입은 인숙의 옆구리를 짓누르고 있다. 보고 있던 신지는 숨이 막혔다. 얇은 원피스 속 인숙의 배가 그대로 관에 부딪히는 것 같아 참을 수 없다. 나무판자로 된 관이 배 속의 아기와 서로 맞닿아 있는 것 같아서 더없이 무섭다. 아기가 눌리지는 않을까? 눌리지는 않더라도 아기의 부드러운 살갗이 시체에 짓눌려 있는 것 같아 견딜 수가 없다.

　인숙은 비틀거리면서 간신히 화장로 앞에 당도했다. 이마에 송글송글 검은 땀방울이 맺혀 보였다. 배가 당겨서 고통스러운지 등을 뒤로 펴며 숨을 헐떡인다. 어지간히 몸이 고된 모양이다. 장례 참석자들의 행렬이 5번 화장로 앞으로 이동하기 시작했다. 마지막 분향이 시작되면 좁은 통로에 선향 연기가 가득 차 목구멍이 꽉꽉 막히고 눈이 따끔거린다. 신지는 연기 때문에 가려운 눈을 한 손으로 비비면서 우물가로 달려갔다.

신지가 소각장 펌프의 물을 틀어 입을 헹구고 눈을 다 씻었을 때, 팔꿈치 부분이 검게 더러워진 센타로가 얼굴을 찡그리며 다가왔다.

"나한테까지 화장 일을 시키다니."

센타로는 투덜거리며 신지를 밀어내고 펌프의 손잡이를 눌렀다. 인숙이 하는 일보다 자신 쪽이 훨씬 위에 있다는 말투이다. 신지는 오래전에 시게루에게 들은 말이 생각났다. 그건 분명 시게루가 아버지의 생각을 어설피 듣고 한 말이었던 것 같다. 신지는 갑자기 센타로가 싫어졌다. 센타로에 비하면 에이사쿠 할아버지는 훨씬 좋은 사람이다. 그런 사람은 분명 극락이라는 곳에 갈 수 있을지도 모른다. 센타로나 용하는 아무래도 극락 행은 무리일 것 같다.

"도저히 저 몸으로는 하나코도 무리야."

센타로는 각진 얼굴을 가로저었다. 하나코는 인숙을 부르는 이름이었다.

"지금도 상주가 갑자기 마지막 작별이니 한 번 더 고인을 보고 싶다고 말하는데, 관을 보니 얼굴을 볼 수 있는 뚜껑이 없어. 없을 리 없는데, 관의 앞뒤를 거꾸로 넣어 버린 것이지. 할 수 없이 일단 수습한 관을 다시 꺼내어 앞뒤를 교체하고 야단법석을 떨었어. 나까지 이런 일을 당해야 하다니 두 번 다시 이런 일이 있어서 안 되지."

센타로는 화장로 철문 뒤의 그을음이 묻어 더러워졌다며 펌프의 물로 팔꿈치를 씻기 시작했다. 하지만 햇볕에 그을린 피부에 달라붙은 거무스름한 그을음은 쉽게 씻기지 않았다.

"아무래도 인간의 기름기라고 하는 게 집요하네…… 그래, 집요하다고 하면야, 하나코도 상당하지. 어때 너 이거 알아?"

센타로는 주먹을 추잡스레 내밀어 보이며 신지의 눈앞에 들이댔다.

"그렇지 않다면, 이치로 녀석이 항상 거절할 이유가 없어."

"망할놈의 영감탱이. 우리 인숙이 삼촌 험담하면 불전함에서 돈 훔친 거 사무실에 가서 다 말해 불쿠다!"

신지는 조심스럽게 센타로에게서 네다섯 걸음 물러서서 언제든지 도망칠 수 있는 자세로 센타로에게 욕설을 퍼부었다. 그러면서도 신지는 갑자기 심장이 두근거리고 현기증이

나면서 숨이 막혔다. 시게루에게 들었던 말을 떠올렸던 것이다. 그러나 다른 사람이 인숙을 그런 눈으로 보는 것만은 용서할 수 없었다.

"이런, 어린놈이, 얼굴이 빨개진 걸 보니, 내가 하는 말을 다 알아들었나 보네. 이상한 고자질을 하면 머리통을 박살 내 줄 거야."

허를 찔려 당황한 센타로는 세면기를 양손으로 들어 올리더니 옆으로 휘두르며 신지에게 욕설을 퍼부었다. 그러나 그 전에 신지는 쏜살같이 묘지 쪽으로 뛰어들었다. 센타로도 뒤를 쫓아올 기미는 보이지 않았다. 쫓아오더라도 신지는 돌담을 넘어 도망칠 자신이 있었기에 겁나지 않았다. 센타로는 교활한 인간이라고 신지는 생각했다. 하기 싫은 일을 하게 된 것이 꺼림칙하고 화가 나서 그런 말을 꺼낸 것이다. 그런데 어른들은 왜 툭하면 그런 이야기를 꺼내는 걸까. 머릿속에는 그것 말고는 다른 생각은 전혀 없는 것처럼. 하지만 센타로가 내민 주먹 모양을 생각하면 신지는 다시 얼굴이 달아올랐다. 센타로 부자의 말에 얼굴이 노래질 인숙을 상상하면 신지는 머리가 어질어질하다. 어째서 인숙은 용하의 아이를 낳고 싶어 하는 것일까? 그것은 신지도 도저히 이해할 수 없는 일이다.

신지는 묘석 사이로 걸어서 돌담이 있는 곳까지 가보았다. 돌담 위에 시계루는 없었다. 신지는 묘지에서 다시 걸어나와 발길을 돌려 마당으로 갔다. 한여름 희뿌연 마당에는 사람 그림자조차 없다. 촘촘히 깔아놓은 자갈이 바싹 말라붙어 힘겹게 여름 햇살을 이겨내고 있다. 그것은 강한 조명을 받아 조용해진, 아무도 없는 텅 빈 무대를 떠올리게 했다. 바라보고 있으면 알 수 없는 불안이 신지의 가슴에 스멀스멀 밀려들었다.

신지는 마당을 가로질러 용하가 있는 휴게실 쪽으로 걸어갔다. 해장죽이 심어져 있는 옆으로 들어가면 튼튼하게 만든 쪽문이 있다. 신지는 문을 살며시 밀고 안으로 들어갔다. 장지문을 조금 열어젖히고 방안을 들여다보니 용하는 아직 잠에 빠져 있었다. 용하가 혼자 있는 모습을 보고 신지는 안심했다. 왠지 거기에는 인숙도 함께 있을 것 같은 예감이 들었던 것이다. 그러자 개처럼 입술을 축 늘어뜨리고 코를 골고 있는 용하에게 이유 없이 화가 난 신지는 장지문을 닫고 밖으로 나갔다.

해장죽 옆에서 본당 쪽을 살펴보니 복도에서 5번 화장로의 장례 참석자들이 햇볕이 내리쬐는 마당으로 나오고 있었다. 흰색 바지에 검은색 얇은 견으로 된 윗도리를 걸친 장례 인부 우두머리가 노란색 삼베 녹복의 상주를 이끌고 나와 마당 출구에서 장례 인사를 시작했다. 장례 인부 우두머리는 상주들이 서 있는 옆에 상반신을 구부린 채로 또박또박 큰 목소리로 돌아가는 장례 참석자들에게 인사를 건넸다.

"더위에 오시느라 고생 많으셨습니다."

장례 인부 우두머리의 저 말투를 듣기 시작한 지도 벌써 몇 년이나 되었을까. 그리고 그것은 매일 이 마당에서 되풀이되는 광경이었다. 요즘 신지는 마당을 메우는 장례행렬에 호기심이 발동하는 일도 없어졌다. 마당에서 벌어지는 일들은 보기 드문 일도 아닌 데다가 즐거운 구경거리는 더욱 아니다. 신지가 판자촌에 처음 왔을 때에 비하면 이제 꽤 나이를 먹은 기분이 든다. 그렇게 싫었던 판자촌을 휘감는 연기에도 익숙해져 버렸다. 하지만 나이를 먹는다는 것은, 점점 어른이 되어간다는 것은 어찌 이리 싫은 일일까?

신지는 장례 참석자가 완전히 마당을 빠져나가는 것을 보고 본당 복도를 통해 화장로로 들어갔다. 사무실에서 둘러보러 나온 사내가 돌아갔는데도 인숙의 모습만은 보이지 않앗다. 화장로 주변은 검은 움막처럼 텅 비어 인기척이 전혀 없다. 신지는 큰 소리로 인숙을 불러 보았다. 대답은 없었다. 신지의 큰 목소리만이 검은 천장과 그을린 벽에 부딪혀 되돌아올 뿐이다. 자신의 목소리에 베어난 허무함이 불길한 예감을 불러일으킨다. 신지는 갑자기 몸이 떨렸다. 신지는 엄습해오는 불안을 떨쳐내듯 통로 안으로 뛰어들어갔다. 5번 화장로 앞에 원피스에 흰색 앞치마를 입은 인숙이 다 시들어버린 꽃잎처럼 쭈그리고 앉아 있었다. 신지가 작은 소리로 불러도 인숙은 아무 대답이 없다. 신지의 가슴이 철렁 내려앉으며 다리가 얼어붙었다.

"인숙이 삼춘……."

신지는 조심조심 다가가 인숙의 어깨를 살며시 흔들어 보았다. 이를 악물고 있는 인숙의 입가에는 실 같은 점액 한 줄기가 선을 그리며 흐르고 가늘게 떨린다. 얼굴은 죽은 사람처럼 검푸르게 보였다. 신지는 공포에 질린 나머지 목소리가 나오지 않았다. 다시 한번 슬그머니 인숙의 몸을 흔들어 보았다. 인숙의 웅크린 몸은 연기처럼 소리 없이 화장로 앞으로 천천히 기울어지더니 푹 쓰러졌다.

신지는 정신없이 휴게실로 뛰어들었다. 몸이 문에 부딪치자 경첩이 끼익 하고 날카롭게 삐걱거리는 소리를 냈다. 신지는 맹렬한 기세로 문을 잡아당겼다. 용하는 질리지도 않는지 여전히 잠에 빠져 있었다.

"야!"

신지는 비명에 가까운 목소리로 용하를 불렀다. 거슴츠레한 용하의 눈이 의심스러운 듯 신지를 바라보고 있다. 갑자기 용하의 붉게 충혈된 눈은 분노로 가득 찼다. 자신을 깔보듯이 함부로 부른 사람이 신지라는 것을 알아차렸던 것이다.

"화장장에서 인숙이 삼촌이 죽었어. 다 너 때문이라!"

신지는 허튼소리를 투덜거리듯 한마디씩 천천히 내뱉고는 눈을 감았다. 용하가 벌떡 일어나는 기색이 느껴졌고, 신지는 눈앞이 캄캄해질 정도로 거칠게 관자놀이를 얻어맞아 뒤로 벌러덩 나자빠지며 흙마루에 뒤통수를 세게 부딪쳤다. 나도 죽을지도 모른다고 희미해져 가는 의식의 어둠 속에서 신지는 언뜻 생각했다.

얼마나 시간이 지났을까? 신지가 휴게실에서 의식을 되찾아 보니 인숙은 이미 병원으로 실려 간 뒤였다. 인숙은 다행히 아직 살아 있었다. 그러나 인숙이 비록 그날 죽지는 않았다 하더라도 그녀의 죽음은 이미 그때부터 시작되었다.

5

인숙은 한 달 가까이 병원 생활을 했다. 그리고 퇴원해 돌아온 것은 인숙뿐이었다. 이제 뱃속에 아기는 없는 것 같다. 아기는 어떻게 된 걸까? 하지만 신지는 그 일에 관해 묻지는 않았다. 인숙과 함께 돌아오지 않은 아기의 운명을 신지는 대충 알 수 있었다. 아이의 안부를 묻는 것은 인숙에게 분명 괴로운 일임에 틀림없다. 인숙이 퇴원해 온 날 신지는 하루 종일 영희와 아기에 대한 생각에 잠겨 있었다. 그것은 분명 그날부터 인숙이 앓아누운 탓도 있었다.

인숙은 자면서도 가위에 눌린 것처럼 목을 쥐어짜는 듯한 소리를 내며 괴로워하기도 했다. 켜놓은 전등 아래서 눈을 뜬 신지가 동정을 살피자 인숙은 메마른 입술을 고통스러운 듯 뻐끔뻐끔 움직이고 있다. 윤기가 없는 이마에 진땀이 배어 나오고 속눈썹에는 하얗게 상처의 흔적 같은 눈물 자국 한줄기가 희미하게 빛나고 있었다. 신지가 흔들어 깨우자 인숙은 어리둥절한 표정으로 걱정스럽게 들여다보는 신지의 얼굴을 보았다.

"큰 그레에 굴아지는 거추룩 몸이 으스러졊저. 몽뚱아린 죽어신디 ᄆ음만 아등바등허멍 살아 잇저. 빠지직빠지직 나

소년 85

몸이 구레에 빨려 들어가 굴아지는 거 닮아. 눈앞에서 시뻘
겅헌 불이 와르르 큰 소릴 내멍 타올람저. 불속에서 불에
타 문드러진 사름 손 수십 개가 튀어나왕 흔꺼번이 날 덮치
는 거 닮아. 도망가젠 헤도 구레에 몸이 굴아지는 거 닮앙
움직이지 못허커라라. 벌겅헌 불길 저디서 용하가 벌떡 일
어낭 불이 붙은 두 손으로 나 목을 졸르는 거라. 어디서 우
리 애기덜이 어무니, 어무니 불르멍 울엄서. 떼불다, 너미
떼불다. 살려 줍서 소리치멍 울엄서, 아이고."

말을 멈춘 인숙은 어둑어둑한 천장에 시선을 두고 무언가
생각에 잠겨 있더니 신지에게 눈을 돌려 물었다.

"나 무신 잠꼬대 안 헤냐?"

신지가 머리를 가로저으니 인숙은 고개를 끄덕이고 눈꺼
풀을 감았지만 그 얼굴은 검은 그림자처럼 생명력을 잃어버
린 모습이었다.

인숙의 머리맡에 놓인 가래 컵을 치우는 일도 신지의 일
과 중 하나였다. 인숙을 돌보던 선옥 할머니도 그것만은 얼
굴을 찡그리고 손을 대려 하지 않았다. 하얀 도기로 된 커
다란 가래 컵은 뚜껑을 열면 누런 녹색의 가래가 가득 차
있고 역한 냄새가 신지의 코를 찔렀다. 가래는 변소에 버리

고 컵은 판자촌 공동수도에서 씻는다. 가래 컵 가장자리에 말라 들러붙은 끈적끈적한 가래는 내리쏟는 수돗물 수압만으로는 쉽게 떨어지지 않는다. 그럴 때면 신지는 가래 컵에 손가락을 넣어 빡빡 문질러 씻었다. 축축하게 녹은 비누 표면을 연상시키는 가래 컵의 미끈미끈한 감촉은 기분이 좋지 않다.

인숙이 몸져누운 사이에 머리 손질도 제대로 하지 못했으니 인숙의 머리는 어느새 작은 새 둥지처럼 엉키고 헝클어져 빗이 들어가지도 않을 정도가 되고 말았다. 게다가 인숙은 항상 머리를 간지러워했다. 어느 날 아침 신지는 인숙이 시키는 대로 가위를 꺼내 들어 인숙의 머리카락을 짧게 잘라냈다. 두피에는 상처 딱지처럼 두꺼운 비듬이 달라붙어 마치 산화된 지방분이 풍기는 듯한 역겨운 냄새를 뿜어내고 있었다. 신지는 얼굴을 찌푸리며 두피에 눌러붙은 비듬을 손가락으로 긁어 떼어내 보았다. 그러자 모근 구멍의 희고 푸른빛의 투명한 두피 구석구석에 셀 수 없을 만큼 작은 이들이 무리 지어 있었다. 마치 부락을 형성한 것처럼 보였다.

"저승길 니덜이여. 날 데리레 오는 신호주. 이것덜이 꾀어들민 아픈 사름은 더이상 살 가망 엇뎬, 고향 어른덜이 곧는

걸 들어낫어. 그때는 나영 상관엇인 얘기엔 웃으멍 들어신
디. 그게 바로 엊그제 일 ᄀ튼디 어느제 나 ᄎ례가 돌아와신
게……."

인숙은 느닷없이 볼을 실룩거리며 눈을 감았다. 속눈썹
아래로 흘러나온 눈물을 닦으려고 신지가 수건을 갖다 대자
인숙은 천천히 그것을 뿌리쳤다.

"저승서 불르레 왓덴 나가 갈 거 닮으냐? 난 고향에 돌아
가켜. 이제 고향에 돌아가젠. 죽어도 어무니 아부지 묻은
땅속에서 ᄀ치 잠들구정 허다. 나 고향에 돌아가켜. 타국
땅 일본서 죽고정 안헤. 난 아무 잘못 엇어. 열심히 일만
헨. 재기 고향에 돌아강 사름추룩 살젠 쉬지도 안 허멍 일만
헷어. 경헌디 새끼덜은 다 죽어 불고 나꺼정 영 뒈고. 난
손콥만이도 나쁜 짓 헌 거 엇어……."

그때, 인숙은 눈물에 젖은 눈을 번쩍 부라리며 쉰 목소리
로 미친 듯이 외치기 시작했다.

"이 물퀴신 ᄀ튼 놈, 물퀴신…… 이 물퀴신이 나 일생을
잡아먹엇저!"

인숙은 떨리는 손가락으로 문간을 가리켰다. 신지가 돌아
보니 입구 흙마루에 언제 돌아왔는지 어젯밤에도 집을 비운

용하가 부석부석한 눈을 슴벅거리며 조용히 서 있었다.

"물퀴신, 물퀴신이여……."

인숙은 홀린 것처럼 같은 말을 퍼부으며 이불을 걷어찼다. 고통스럽게 숨을 헐떡이면서 벽을 짚고 일어선 인숙은 말리려는 신지를 순식간에 한 손으로 뿌리쳤다. 벽에 등을 기댄 인숙은 천천히 잠옷을 벗고 속옷을 하나하나 벗어 던지기 시작했다. 놀란 용하가 말리려고 방으로 뛰어들어 왔지만 인숙은 적을 마주치기라도 한 듯 용하를 매섭게 노려보고 손을 내저으며 한사코 용하의 손을 뿌리쳤다.

"보라, 이거 느가 다 빨아 먹은 몸뚱이여. 잘 봥 놔두라."

신지는 벗어 던진 인숙의 땀내 나는 잠옷을 양손에 쥐고 인숙의 몸을 가리려고 다가갔다. 그러나 신지는 겨우 양손에 들린 잠옷으로 인숙의 배를 덮어 가리는 것뿐이었다. 인숙은 휘청거리는 몸을 벽에 부딪치며 신지의 머리에 다섯 손가락의 손톱을 세워 밀쳤다. 그래도 신지는 쭈글쭈글해지고 움푹 패인 인숙의 배에 잠옷을 갖다 대고 달랬다. 머리를 짧게 자른 인숙의 벌거벗은 몸은 그저 뼈에 늘어진 피부를 걸치고 있는 것 같았다. 인숙의 몸 어디에도 부드러운 살결의 감촉은 없고 울퉁불퉁 뼈에 닿은 촉감만이 신지의 손바닥에 전해질 뿐이다. 쇄골과 갈비뼈가 드러나 꾸깃꾸깃 주름진 주머니 같은 젖가슴이 검고 작은 젖꼭지를 덩그러니 달고 가슴에 달라붙어 있다. 팔과 다리는 살점 하나 남아 있지 않아 나무 막대기처럼 가늘고, 팔꿈치와 무릎뼈는 혹처럼 흉하게 툭 튀어나왔다.

인숙은 벽에 등을 대고 몸을 지탱하고는 괴로운 듯 가슴을 헐떡였다. 그리고 연신 콜록거리며 신지의 머리를 한 손으로 꽉 잡더니 거칠게 밀쳤다. 그것은 더 이상 거역할 수 없는 무언가 위엄 있는 몸짓으로 느껴졌다. 신지는 엉겁결에 몸을 놓았다. 인숙의 움푹 들어간 배 아래에 이제 막 엷은 먹물을 칠한 듯한 검은 덤불이 눈부시게 신지의 눈을 사로잡았다. 인숙은 걸음걸이를 막 익힌 아이처럼 어색한 걸음으로 휘청거리며 용하에게 달려들었다. 인숙을 말리려던 용하는 갑자기 겁에 질린 아이처럼 한 손으로 머리를 감싸며 인숙의 앞에 털썩 쓰러졌다. 신지는 살점 하나 없는 마른 나뭇가지 같은 인숙의 발밑에서 용하의 부석부석한 얼굴이 찌부러질 듯 맥없이 일그러지는 것을 보았다.

용하와 말다툼을 벌인 날부터 인숙의 상태는 눈에 띄게

나빠졌다. 그로부터 두 달 정도 지난 가을 중순, 인숙은 숨을 거뒀다. 그때 인숙의 곁은 신지 혼자 지키고 있었다. 아무리 불러도 인숙은 그 어떤 대답도 하지 않았고 눈은 뜨고 있었지만 갈색빛 눈동자는 더 이상 신지를 보고 있지 않았다. 인숙은 늘어지게 하품을 하는 사람처럼 입을 크게 벌리고는 깊은 숨을 내쉬었다. 마치 그녀의 몸 안에 한평생 쌓였던 고통을 토해내려는 것처럼. 그리고 점점 사이가 벌어져가는 호흡의 공백을 메우는 정적이, 이미 그것은 죽음 그 자체라는 것을 어떻게 신지가 알 수 있었을까.

인숙의 장례 날, 관을 실은 영구차는 큰길로 천천히 나아가 화장터의 검은 건물 앞까지 오자 일단 멈춰 섰다. 상복을 입고 영구차 조수석에 용하와 나란히 앉은 신지는 인숙을 배웅하기 위해 모인 사람들 가운데 센타로와 고개를 숙인 에이사쿠 할아버지의 얼굴을 보았다. 하지만 영구차는 화장터 마당으로 들어가지 않았다. 인숙이 묻힐 교외에 있는 묘지를 향해 영구차가 다시 움직이기 시작했을 때, 사무실 창문에서 동탁 모양의 종이 천천히 세 번 울리고 이어서 세 번 더 울렸다. 죽음을 애도하는 종소리를 들었을 때, 신지 옆에 앉은 용하가 갑자기 흐느끼기 시작했다. 술기운으로 부은 눈꺼풀에서 굵은 눈물을 주르르 흘리며 용하는 훌쩍거리고 있었다. 마치 어찌할 바를 모르는 어린아이처럼. 하지만 신지의 머릿속에는 그런 용하보다는 죽기 직전에 괴로운 듯 깊은 숨만 내쉬던 인숙의 마지막 얼굴밖에 없었다. 관 안에서 허리를 곧게 펴고 잠들어 있는 인숙도 분명 저 종소리를 듣고 있지 않을 것이다. 신지도 앞으로는 그것을 들을 일이 없을 것 같은 예감이 들었다. 설령 저 종소리를 다시 듣는 일이 있더라도 그것은 이미 인숙과는 상관없는 일이다.

뼛조각

1

　일 년 만에 찾아가 보니 호준은 쇠약할 대로 쇠약해져 문외한인 용민이 보기에도 이제 시각을 다투는 것만 남아 있는 듯했다. 용민이 방 안에 들어가도 호준은 전혀 알아채지 못한다. 방안에는 실체를 알 수 없는 악취가 착 달라붙어 있었다. 인간이 쏟아낸 배설물, 숨 막힐 듯한 땀, 포르말린 소독액, 화로의 숯불이 뿜어내는 가스 냄새가 한데 뒤섞인 악취는 바깥 바람을 맞고 온 젊고 건강한 용민의 후각을 찌를 듯이 자극했다. 용민은 허리를 굽혀 살며시 호준의 숨소리를 살폈다. 희미한 숨결에도 썩은 육류가 발산하는 산성의 악취가 풍겼다. 반듯이 누워 있는 호준의 병든 몸은 위아래 이불 사이에 묻혀 도드라지게 볼록 나온 곳 하나 없이 얄팍했다. 호준의 병든 몸이라기보다는 마치 이불깃 밖으로 내민 빡빡 깎은 머리의 커다란 두개골만이 움푹 팬 눈과 도려낸 듯한 홀쭉한 뺨을 겨우 붙인 채 베개 위에 누워있는 것처럼 보일 뿐이었다. 용민은 시든 양파처럼 속살이 환히 비치는 호준의 두개골에 시선을 멈추고 있자니 '건어물'이라는 말이 불현듯 떠올라 황급히 그것을 지웠다.

용민은 뒤쪽 유리문을 살짝 열어 실내 공기를 환기했다. 겨울날의 차가운 바깥 공기가 금세 방안으로 밀려 들어와 방 안 가득 달라붙었던 악취를 조금은 없애 주었다. 용민은 화로 옆에 책상다리하고 앉아 담배에 불을 붙였다. 용민이 노조미라는 담배 한 개비를 다 피웠을 때 호준의 움푹 팬 눈꺼풀이 가늘게 열렸다. 호준은 흐릿한 시선을 용민의 얼굴에 보내며 어이, 왔어라고 종이 사포를 문지르는 듯한 쉰 목소리로 중얼거리더니 불쑥 뜻밖의 말을 건넸다.

"영하 형은 벌써 간?"

용민은 순간 숨이 콱 막혔다. 호준의 말뜻을 알아채지 못하고 용민은 당황한 시선으로 실내를 말끄러미 보았지만 손님이 온 듯한 흔적은 전혀 없다. 용민은 짧아진 담배꽁초를 화로 속 재 가루에 쑤셔놓고 엉덩이를 들어 이불 끝에 다가 앉아 호준의 눈빛을 가만히 살폈다. 쭈글쭈글해진 눈꺼풀과 움푹 팬 눈 안에는 희뿌연 유리처럼 흐릿한 동공이 힘없이 움직이고 있다.

"삼춘……."

참다못한 용민은 격앙된 목소리로 말을 걸었다. 반신반 의했다. 그것은 아주 있을 수 없는 일도 아니다. 그런 만큼 더욱 당황하는 자신을 느끼며 용민은 호준의 대답을 기다 렸다.

"……."

호준은 졸음이 밀려온 닭처럼 쭈글쭈글한 눈꺼풀을 천천 히 깜박이고 있다.

"영하 형?……삼춘, 게난 누게가 왓덴 허는 말이꽈?"

용민은 답답해하며 목소리를 높였다. 그러자 호준의 동공 에 가냘픈 빛이 비치며 자못 의외라는 듯이 중얼거렸다.

"야이 무슨? 느네 아부지 말이여."

"아부지?"

"……."

용민은 사지에서 힘이 쭉 빠지는 것을 느끼면서 다다미에 털썩 주저앉았다. 용민은 호준이 꿈을 꾸고 있었음을 비로소 깨달았다. 호준은 그 뒤로 입을 닫은 채 용민의 얼굴을 멀뚱멀뚱 바라보다가 이내 눈동자 위로 흐릿한 그늘이 드리워지더니 다시 쭈글쭈글한 눈꺼풀을 스르르 끌어내리고 말았다. 용민은 불쑥 영하의 이름을 듣게 된 것에 조금 화가 났지만 그보다도 영하가 지금까지 곁에 와 있었다고 착각하며 조금의 의심도 하지 않는 호준이 병세가 마음에 걸렸다. 그것은 호준의 의식이 이미 꿈과 현실의 경계를 명료하게 식별할 수 없는 혼탁상태에 빠지는 길목에 다다랐음을 보여주고 있다.

용민은 방을 나와 부엌으로 가서 저녁상을 차리는 순이에게 말을 걸었다.

"삼춘 아까 아부지가 와낫덴 허는 거꽈?"

"아부지? 거 무신 말이고? 오널 이 집이 온 사름은 느벳기엇저."

순이는 앞치마 끝으로 젖은 손을 닦으며 걱정스러운 듯 턱을 당기며 얼굴을 찡그려 보였다. 또야, 라는 몸짓이었다.

"저번이도 잠신가 헤신디 일어낭 아까 먹젠 헤난 전복 훽 가정오렌 허는 거라. 가슴이 철렁혜라. 그런 게 어신디. 배 아프덴 헨 의사 선생신디 부탁헹 물약으로 뒌 진통젤 먹염신디 약이 들 땐 꾸벅꾸벅 졸당도 약효가 떨어지민 쉐 우는 소리 거치 끙끙허여. 진통젤 계속 멕이민 독이 뒌덴 허는디…… 이젠 다 뒌 거 아니?"

용민은 가슴이 온통 검게 물들어버린 기분을 견디며 고개를 갸우뚱하는 것 말고는 아무것도 할 수 없었다. 순이의 말에 동조하기에는 가슴이 쓰라리고 그게 아니라고 부정하는 것도 뻔한 거짓인 것만 같았다.

호준이 용민에게 영하의 소식을 확인해 보라고 한 것은 그날 밤의 일이다. 오후 내내 꾸벅꾸벅 졸던 호준은 그때 잠깐 정신이 맑아진 듯했다. 호준은 말을 내뱉기조차 힘에 부치는지 헐떡거렸다.

"용민아…… 조선엔 더러운 걸 시치는 물은 잇어도 부자간을, 피를 시쳐낼 물은 엇덴 허는 말이 잇저. 부모영 ᄌᆞ식이영 피로 맺어진 인연은 진허덴 허는 말이주게. 아방을…… 촞아보라. 어떤 처사를 당혜도 ᄌᆞ식은 ᄌᆞ식으로 헐 도리라는 게 잇저……."

고열로 흐리멍덩한 호준의 눈에는 눈물이 만들어낸 얇은

막이 반짝였다. 호준의 입에서 느닷없이 튀어나온 낯선 말에 용민은 어리둥절했다. 그러고 보니 낮에 호준이 했던 그 말도 단순한 착각이 아닌 것만 같았다. 오히려 호준의 마음속에 있던 생각이 꿈과 현실의 경계선 위에 나타난 것인지도 모른다. 호준은 용민이 영하에게 아무런 애착도 없음을 잘 알고 있었고 호준 자신도 영하를 싫어했었다. 여태껏 용민은 호준의 입에서 영하에 관한 소식이라고는 일언반구의 언사도 들은 적이 없다. 용민의 머릿속에 있는 영하의 기억은 새까맣고 추악한 덩어리라는 인상뿐이었고 용민은 그동안 싸늘한 증오를 품으며 영하의 존재가 마음에 자리 잡지 못하게 계속 내쳐왔다. 사실 용민은 언제부터인지 영하의 소식은커녕 그 생사조차 모르고 있다. 용민은 지금까지도 지인들이 영하 이야기를 꺼내기만 하면 어김없이 모호한 웃음기를 띠며 말을 얼버무리곤 했다. 그래도 이것저것 계속 물어대는 사람에게는 죽었습니다 하고 단호하게 영하의 목숨을 스스로 말살하기까지 했다.

"너가 춫아강…… 춫아가민 영하 형도 좋아헐 거여. 지가 잘못헷덴 후훼헐 거여. 살아이시난…… 다행이엔 경 헐 거여, 용민아……."

광대뼈 위에 툭 튀어나온 호준의 눈가에서 눈물이 한줄기 흘러 귓구멍으로 주르르 흘러내렸다. 용민은 머리맡에 놓인 수건을 집어 들어 호준의 뺨을 닦아주고 젖은 귀 속을 문질렀다. 바싹 마른 조개껍데기 같은 귓속에 노란 귀지가 가득 들어차 있었다. 용민은 갑자기 가슴이 메었다. 평소 그렇게 신경질적이고 몸가짐이 단정했던 호준이 이미 귀지를 파낼 기력도 잃고 말았다. 살아 있어서 다행이라고…… 용민은 호준의 말을 되새기면서 호준은 이미 자신의 죽음을 자각하고 있다고 생각했다. 호준의 말에는 죽음이란 도저히 피하기 어렵다고 해도 적어도 친밀했던 사람들의 기억 속에 자신을 묶어두고 싶어 하는 심정이 배어났다. 그것을 용민은 함부로 부정할 수 없다고 생각했다. 그것은 오랜 전쟁 동안 용민 자신도 여러 차례 맛보았던 익숙한 느낌이기도 했다. 용민은 순간 마음을 정했다. 자신의 고집을 내세우기보다 호준을 더 이상 흥분시키지 않기 위해서라도 일단 교토로 가자. 사실 내겐 현실의 영하 소식 따위는 아무래도 좋다. 단지 죽음의 권위를 빌리면서까지 호준이 그렇게 하기를 나에게 바라고 있는 이상 나는 거기에 보답해야 한다. 그것이 호준의 얼마 남지 않은 생애에 티끌만큼의 평온함을 가져다

주는 일이라면.

2

　용민은 영하를 용서할 수 없었다. 그러나 용민은 어머니를 버린 영하를 용서할 수 없는 것인지 아니면 용민을 임신한 어머니를 버리고 어머니가 다시 용민을 버리게 한 그 영하가 미운 것인지 자신도 분명하게 알지 못했다. 용민을 임신한 어머니를 고향에 남겨두고 혈혈단신으로 일본에 건너간 영하는 그로부터 5년쯤 소식을 뚝 끊어버렸다. 영하를 기다리던 어머니는 용민이 다섯 살이 될 때까지 여자 혼자몸으로 키운 아들을 남겨두고 다른 집으로 재가해 버렸다. 그것은 영하의 냉혹한 처사에 그녀가 할 수 있는 최선의 반항이었을 것이다. 어머니가 떠나고 마을의 친척 집을 전전하면서 지낸 어린 시절 용민은 자신을 버리고 재가한 어머니를 원망했다. 그러나 지금은 미련 없이 자신의 감정에 이끌렸던 어머니를 이해한다. 그녀가 세상 사람들이 흔히 말하는 정절을 지키는 여자는 될 수 없었다 해도 적어도 용민에 대한 사랑 때문에 자신의 마음을 외면하고 사랑하지도 않는 남자에게 자신의 인생을 바치는 노예 같은 삶만은 거부한 여자였다. 그 후 그녀의 행복이나 불행은 용민이 따질 바가 아니었다. 그녀 자신이 선택한 것이라는 이유만으로도 그 삶은 이미 빛나고 있을 것이기 때문이다.

어머니가 떠나고 나서 일 년쯤 지나 용민은 고향에 돌아온 원기를 따라 일본으로 건너왔다. 용민이 오사카에 있는 원기 집에 도착해 보니 그곳에 영하가 머물고 있었다. 원기는 영하의 사촌 동생이다. 원기의 아내 명순은 용민의 어머니와는 사촌지간이다.

채소 행상으로 생계를 꾸리던 명순은 아침 일찍부터 집을 비우기 일쑤였다. 원기는 일대의 조선인 동포 사이에서 유능한 목수로 통했기 때문에 일도 조금씩 있었다. 하지만 영하는 미장이 조수 일도 빼먹고 집에서 빈둥거리는 일이 다반사였다. 그런 주제에 낭비에 있어서 영하는 남다른 재능의 소유자였다.

어느 날 영하가 장롱에 넣어 둔 명순의 돈에 손을 댄 것이 원인이 되어 영하와 원기는 원수끼리 싸우듯 욕설을 퍼붓더니 영하는 원기의 집에서 나가 버렸다. 보따리를 든 손에 끌려가듯이 용민까지 데리고 나섰다.

2개월쯤 후, 일이 없어 살길이 막막해진 영하는 스미요시(住吉) 부근에 있는 도로공사 인부들 숙소에 여섯 살이던 용민만을 남겨두고 사라졌다. 영하는 마을에 있는 목욕탕에 가는 척하며 나간 것을 끝으로 인부 숙소에서 자취를 감췄다. 영하가 종이에 주소를 적어 두어 연락을 받은 명순이 숙소에 왔을 때, 용민은 말없이 적토로 된 흙마루에서 흰 무명 끈으로 감은 나무 팽이를 능숙하게 돌려 보여주었다. 그것은 용민이 숙소에 있는 동안 배운 유일한 놀이였기에 만족한 듯 득의양양했다. 명순은 용민을 와락 끌어안으며 일본어로 '아이구, 몹쓸 사람' 하고 욕을 내뱉었다. 물론 그때 용민은 명순이 하는 말의 의미를 전혀 알 수 없었지만 그녀가 영하에게 몹시 화가 났다는 것만은 어렴풋이 짐작할 수 있었다. 용민을 품에 안은 땋은 머리에 변변치 않은 저고리를 입은 명순의 땀에 젖은 몸에서는 풋내가 물씬 풍겼다. 그건 그렇고 어쨌든 영하는 그 나름의 방법으로 용민이 살길만큼은 마련해 준 셈이다.

그로부터 일 년 정도 지나 용민은 영하와 함께 시칸지마(四貫島)에 있는 바타야(バタヤ) 부락에서 살고 있었다. 용민

은 어떻게 거기로 가게 되었는지 전혀 기억하지 못했지만 영하가 원기의 집에서 다시 용민을 데리고 나온 것만은 분명했다.

하지만 시칸지마에서의 생활은 1년도 이어지지 않았다. 그것은 어느 날 아침 '일'을 나간 후 영하가 돌아오지 않음으로써 너무도 쉽게 마침표가 찍혔다. 영하가 자취를 감추고 열흘쯤 지난 어느 날, 용민은 하숙집 주인 송 씨 앞으로 불려갔다.

"경찰신디 강 아방을 돌려주렌 수정헐 수 이시크냐?"

송 씨는 거두절미하고 말했다. 어린아이가 울며 부탁하면 경찰도 가엾이 여겨 영하를 풀어줄지 모른다는 것이다. 여우처럼 가운데가 뾰족한 송 씨의 얼굴은 붉게 상기되어 내뿜는 입김에서 숨이 막힐 정도로 냄새가 지독했다. 그것은 아마도 그의 술기운에 떠오른 발상이었을지도 모른다. 하지만 그 한마디는 그동안 용민을 에워쌌던 세상의 벽을 한방에 무너뜨릴 정도의 충격을 용민에게 안겨주었다. 마치 처치 곤란한 성가신 짐짝을 바라보는 듯한 송 씨의 시선을 느끼며 서 있자니 용민은 한없이 부끄러웠다. 용민은 이제 막 여덟 살이 되었지만 경찰이라는 말이 내뿜는 의미는 대충 이해했다. 그것은 '나쁜 짓'을 금지하는 것이다.

그것만으로 용민은 영하가 저지른 짓이 어떤 것인지 이해하기에 충분했다. 영하는 경찰이 금지한 일을 했다…….

게다가 영하가 저지른 일 때문에 무서운 순사들이 많이 있는 앞에 가서 일부러 고함치며 울어야 한다는 게 용민에게는 더 무서운 일이었다.

"아버지, 용돈 좀 주세요."

그때 초등학교 2학년인 송 씨의 아들 배근이가 콧물을 훌쩍이며 방 안으로 들어왔다. 배근은 용민을 힐끗 쳐다보고 아버지의 어깨를 흔들며 응석 부리는 목소리로 졸라댔다.

"종이 인형극 보고 싶어요. 황금박쥐 연극 시작헐 건데 빨리 1전만 주세요"

송 씨는 배를 따뜻하게 하려고 두른 하라마키(腹卷き) 안에서 지갑을 꺼내더니 1전짜리 동전을 집어 배근에게 주었다. 배근은 동전을 움켜쥐고 용민을 향해 너도 와라는 말을 남기고는 밖으로 뛰쳐나갔다.

젖은 이삭처럼 고개를 숙이고 송 씨 앞에 앉아 있던 용민은 난데없이 몸을 쥐어짜는 것 같은 불안감이 치밀어와 송 씨 앞에서 도망쳤다.

그로부터 열흘쯤 지난 어느 날, 용민이 방안에서 배근의 동생이 누워 있는 구덕을 흔들며 아기를 봐주고 있는데 낯익은 젊은 여자의 목소리가 들렸다. 용민은 현관으로 뛰어나갔다. 용민은 갑자기 목이 메어 말이 나오지 않았다. 흰 치마 저고리에 조청 색 털실로 짠 숄을 어깨에 두른 머리를 묶은 명순이 작은 보따리를 들고 흙마루에 서 있었다. 명순은 아무 말 없이 두 팔을 용민에게 내밀고 고개를 몇 번이나 끄덕이며 용민을 불렀다. 용민의 머리를 가슴에 꼭 안은 명순은 조선말로 말했다.

"또시 당헷구나. 송 씨신딘 나가 골으켜. 옷 가져와시난 이걸로 골아입엉 집이 가게."

용민은 다시 원기의 집으로 돌아갔다.

용민은 어둠 속에서 문득 눈을 떴다. 희미하게 코끝을 스치는 공기 속에서 무언가 움직이는 기척을 느꼈다. 용민은 이불 속에서 자신의 머리 위를 넘어가는 듯한 검은 그림자를 느끼고 그것이 사람의 그림자라는 것을 또렷하게 알아차렸다. 용민의 머리맡에는 옷장이 놓여 있었다. 용민은 겁에 질린 나머지 소리 한번 내지 못하고 그림자를 계속 살폈다.

실내의 전등은 꺼져 있었지만 밖에 있는 전봇대에 달린 상야등이 들이비쳐 방 안에는 안개 같은 희미한 불빛이 감돌고 있었다. 어둠에 익숙해진 용민의 눈에 바지 끝단이 오므라진 승마바지 같은 것을 입고 목도리 같은 것으로 얼굴을 감싼 사람의 모습이 뚜렷이 드러났다. 순간 용민 옆에 이부자리를 펴고 누워 있던 원기가 이불을 걷어차며 "도둑이여!"라고 소리쳤다. 원기의 목소리가 울려 퍼지는 것과 동시에 장롱에 드리워져 있던 검은 그림자가 장지문을 세차게 밀어 넘어뜨리며 흙마루로 뛰쳐나갔다. 용민은 재빨리 고개를 들어 입구 쪽을 살폈다. 반쯤 열려 있던 앞쪽 격자문에 몸을 세게 부딪치고 앞으로 고꾸라지며 골목으로 뛰쳐나가는 남자의 뒷모습이 상야등의 희미한 역광 속에서 슬로모션 필름을 보듯이 용민의 눈에 뚜렷하게 들어왔다. 속옷 바람으로 뛰쳐나가는 원기를 따라 명순도 그 뒤를 쫓았다. 그러나 5분도 채 지나지 않아 원기는 벌름거리는 코로 숨을 헐떡이며 되돌아왔다. 그리고 전등을 켜고 방안에 우두커니 서 있던 용민을 원수 보듯 매서운 눈빛으로 쏘아봤다. 분명 옷장과 가장 가까운 곳에 누워 있으면서도 도둑을 눈치채지 못한 용민의 부주의를 질책하는 눈빛이었다.

명순이 확인해 보니 용민의 머리맡 옷장에 넣어둔 삼십엔 남짓한 현금을 몽땅 빼내 갔다. 명순은 이불 위에 벌렁 나자빠진 채 온갖 욕설과 저주의 말을 도망친 도둑을 향해 퍼부으면서 아이고, 라고 한탄하며 꼭 쥔 두 주먹으로 자기 가슴을 내리쳤다. 그 돈은 명순이 자식들의 유골을 공양할 때 쓰려고 일 년 가까이 한 푼 두 푼 모은 것이었다.

"에이, 예펜네가 무사 영 시끄럽게 헴시니, 조용허라!"

원기는 서투른 일본어로 호통치며 명순의 말문을 막았다. 그리고 미심쩍은 듯 중얼거렸다.

"돈 이신 거 아는 놈 짓이라……."

원기는 또다시 원수를 쳐다보듯 날카롭게 용민을 노려보았다. 용민은 금세 몸이 움츠러들고 목구멍이 굳어지며 심장이 몹시 두근거렸다. 모두 내 탓이다. 옷장 근처에서 자고 있었고 하물며 그 남자를 또렷이 보았다. 왜 소리를 지르지 않았을까. 한 마디라도 소리를 냈다면 어쩌면 돈은 빼앗기지 않았을 텐데…….

"봐신디 무서워서……."

용민은 힘없이 고개를 떨구고 입속에서 우물우물 조선말로 변명했다.

"봔? 그 남절. 겐디 ㄱ만이 잇엇샤?"

"……."

용민은 금방이라도 원기가 달려들어 들개처럼 두들겨 맞지는 않을까 불안했다. 설령 어떤 일을 당하더라도 어쩔 수 없다. 변명한들 소리 내어 알리지 않은 것은 자기 잘못이었다. 용민은 아무리 두들겨 맞아도 그것은 당연히 자신이 받아야 할 벌이라고 생각했다. 원기는 말없이 몸을 부르르 떨며 용민을 노려보고 있었지만 그가 분을 참고 있다는 것을 용민도 잘 알고 있었다.

그러자 이부자리 위에서 너무 분해서 몸부림치고 있던 명순이 벌떡 일어나 용민에게 다가왔다. 용민은 반사적으로 팔꿈치로 얼굴을 가렸다. 틀림없이 호된 꾸지람을 들을 거로 생각했기 때문이다. 그러나 명순은 용민을 거들떠보지도 않고 용민의 몸을 옆으로 쳐내고 열려 있던 옷장의 가장 아래 서랍에 손을 밀어 넣고 옷더미 밑을 뒤적거리다가 앗, 있네, 있어 하며 기쁘게 소리쳤다.

"이시냐, 돈?"

원기는 놀란 듯 명순의 손을 바라보았다.

"이 반지, 봐 봅서. 이거 일본 처음 오는 해에 이녁이 사

준 반지라!"

명순의 손가락 끝에 가운데가 볼록한 흔하디흔한 모양의 반지가 투박한 금빛을 발하고 있었다. 그것은 명순이 평소에는 몸에 지니고 다니지 않고 옷장에 넣어 두었던 것 같았다.

"쳇, 반질 옷장에 놔두민 뭐 헐 거라. 도독 맞기라도 허민. 애끼젠 허당 일러불 거 아니라."

원기는 혀를 차며 더욱 언짢아했다.

"이걸 도독맞지 안헌 것만 헤도 뭐, 재수가 좋덴 생각헙서."

지금까지 갖은 욕지거리를 퍼붓고 저주의 말을 쏟아내어 어느 정도 마음이 가라앉았는지 명순은 의외로 홀가분한 목소리로 원기를 달랬다. 그리고 명순은 부랴부랴 반지를 제자리에 고이고이 집어넣었다. 방금 돈을 도둑맞은 그 옷장 속에.

용민은 가끔 전당포 심부름을 해야만 했다. 원기의 궁핍한 살림살이 때문이기는 했지만 용민에게는 창피를 무릅쓰고 해내야 하는 심부름 중의 하나였다. 대낮에 옷가지 등을 싼 보따리를 들고 감색 천에 하얀색으로 전당포라고 쓰여 있는 포렴을 젖혀 안으로 들어가서 원기의 이름을 말하고 보따리를 계산대의 낮은 칸막이 아래에 내려놓고 약간의 돈을 받고 돌아오는 지극히 단순한 행위가 왜 이렇게 수치스러울까.

그날 명순은 오빠 호준의 집에 제사를 도와주러 나갔다. 과음으로 신경통이 도진 원기는 다리가 아프다는 핑계로 제사를 팽개쳐 두었다. 명순이 나가자 원기는 바로 옷장 속을 헤집기 시작했다. 그리고 찾아낸 것은 용민에게도 낯익은 그날 밤의 반지였다. 용민은 여자가 끼기에는 볼품없이 굵은 금색 반지를 원기가 꺼내었을 때 움찔하며 몸을 움츠렸다. 그것이 명순에게는 단순한 장신구 이상의 특별한 의미를 지닌 것임을 용민은 그날 밤부터 느껴왔기 때문이다. 그렇지 않고서야 명순이 평소에 몸에 지니고 다니지 않고 마치 보물처럼 옷장 속에 넣어둘 리가 없다. 겁먹은 용민을 원기가 무서운 눈초리로 째려보았다. 용민은 눈을 감고 반지를 움켜쥐었다…….

전당포는 멀지 않았다. 용민은 운하를 따라 밤길을 달렸다. 겨울날의 푸른빛 둥근달이 용민의 달리는 몸놀림에 따라 검은 집들 위로 하얀 고무공처럼 통통 튀고 있었다. 세차게 내뿜는 흰 입김이 솜사탕처럼 용민의 입 주위에 부드럽게 달라붙었다. 전당포로 들어가는 것도 남의 눈에 띄지 않는 밤이라 마음이 편했고 용민은 그것만으로도 행복했다. 하지만 다리 끝에 있는 전당포 앞문은 이미 꼭 닫혀 있었다. 용민은 작은 소리로 두세 번 불러 보았지만 아무 대답이 없다. 용민은 오히려 마음이 놓여 포기하고 돌아가기로 했다. 전당포 문이 닫힌 이상 원기도 사정을 이해하지 않을 수 없을 것이다. 이것으로 내일 명순이 돌아와 또 다투는 모습을 보지 않게 되는 것만으로도 고마운 일이다…….

집으로 재빨리 돌아온 용민은 이유를 말하고 반지를 원기에게 내밀었다. 순간 원기의 거무튀튀한 얼굴은 성난 표정으로 가득 찼다. 원기는 언제나 용민이 술 심부름을 하러 갈 때 쓰는 머리맡에 놓여 있던 알루미늄 주전자 손잡이를 잡고 다짜고짜 용민의 머리를 내리쳤다. 피할 틈도 없이 탁하고 둔탁한 소리가 나면서 용민은 눈앞이 아찔해졌다.

"저리 꺼지라, 도둑놈의 새끼!"

용민은 반사적으로 흙마루로 뛰어내려 골목으로 달아났다. 좁은 골목을 빠져나와 운하 쪽으로 곧장 달려갔다. 담뱃가게 옆에 전화박스가 보였다. 그 안으로 뛰어들어 몸을 웅

크렸다. 원기의 목소리가 귓가에서 쩌렁쩌렁 울렸다. '도둑놈의……' 용민은 내동댕이쳐진 듯 전화박스의 차가운 바닥에 주저앉았다. 5~6분쯤 지나자 담뱃가게 사거리 모퉁이에서 구깃구깃한 외투를 걸친 원기가 어슬렁어슬렁 걸어왔다. 그러나 원기가 용민의 뒤를 쫓아오지 않았다는 것은 곧 알수 있었다. 그의 뒷모습은 바로 건너편 다리 모퉁이를 돌아전당포가 있는 쪽으로 사라졌다. 용민이 거짓말을 했다고생각한 것이다. 직접 눈으로 확인하러 간 것이다. 하지만용민은 이제 그런 건 아무래도 상관없었다. 용민의 고막에는 '도둑놈의 새끼!'라고 욕하던 원기의 말이 주문처럼 달라붙어 떨어지지 않았다. 그리고 용민은 그때 갑자기 지난날밤 자기를 넘어 서 있던 새까만 그림자를 떠올렸다. 그랬구나. 그날 밤 원기는 단지 내가 부주의하다는 것을 꼬집어화를 낸 게 아니었다. 원기는 영하를 의심하고 있었다. 그러고 보니 원기가 그날 밤의 피해를 경찰에 신고하는 모습은볼 수 없었다. 원기는 영하를 감싸주었던 것일까. 나는 그일에 대해 원기에게 감사하며 호된 처사에도 꾹 참아야 하는 것일까. 용민은 마치 가슴이 짓눌린 듯 연신 소리죽여흐느껴 울었다. 용민은 공연히 화가 났다. 이유도 없이 뭔가

가 미웠다. 하지만 무엇이 그리도 미운지 용민 자신도 잘 알 수 없었다. 미움의 대상이 원기 같기도 했지만 원기만이 아닌 것 같기도 했다. 영하도 미웠지만 진짜 미운 건 영하도 아닌 것 같다. 영하와 원기를 통틀어 생각해도 그래도 여전 히 뭔가가 미운 마음이 들고 아직도 미움이 부족한 것만 같 아 참을 수 없었다.

목재 하치장 구석진 곳에서 멍석을 뒤집어쓰고 밤을 새운 용민은 추위에 덜덜 떨며 집으로 돌아왔다.

원기는 마루에서 고개를 들고 싸늘한 눈으로 용민을 힐끗 노려보았다. 그것만으로도 용민은 이미 몸이 움츠러들어 제 대로 말을 하지 못했다. 내가 사과 한마디만 하면 된다. 빨 리, 빨리라고 자신을 다그쳐 봐도 입은 마치 납땜을 한 것처 럼 움직이지 않았다. 용민은 그저 고개를 떨구고 멍하니 서 있었다. 그때 변소 문을 열고 명순이 나왔다. 명순은 제사를 지내고 아침 일찍 돌아온 것 같았다. 명순의 눈이 치켜 올라 간 것만 봐도 원기와 한바탕 다툼을 했다는 것은 짐작하고 도 남았다. 명순은 용민의 팔을 붙잡고 부엌 토방으로 끌고 가서 흐느끼는 용민에게 지난밤의 내막을 묻더니 용민의 입 을 손바닥으로 꾹 누르며 말했다.

"울지 말라. 흔저 컹, 혼자 살아산다. 는 남저 아니가?"

그것이 언제나 명순의 방식이었다. 명순은 어떤 일이 있어도 매사에 깊이 얽매이지 않는 시원스러운 데가 있었다. 그러나 오늘 아침 그녀의 얼굴에는 심상치 않은 기색이 감돌았다. 명순은 수건으로 용민의 얼굴을 쓱쓱 닦고는 용민의 몸을 연신 흔들며 울음을 멈추게 했다. 그리고 갑자기 명순은 주르르 눈물을 흘리기 시작했다. 명순은 살점이 없는 홀쭉한 뺨에 눈물을 흘리며 억누른 낮은 목소리로 원기를 욕하기 시작했다.

"아이고. 저 사름 같지도 않은 놈, 거지 같은 성질이여. 내노라, 내노라, 더 내노렌 헴저. 아멩 잇어도 모자라주. 아이고, 다 벳경 나 빼꺼지 다 뽈아먹으민 속이 후련헐 건가?"

아무래도 어젯밤 반지는 어딘가의 전당포에 팔아 버린 것 같았다. 용민은 눈앞에서 허리를 굽혀 흐느끼고 있던 명순이 갑자기 시들어버린 것처럼 작아 보였다. 용민은 또다시 자신은 도저히 알 수 없는 그 무엇에 대한 증오로 가슴이 뛰고 몸이 떨렸다.

그날, 명순은 웬일인지 채소 행상을 나가지 않았다. 명순은 어젯밤 제사 집에서 받아온 고기산적과 떡 등을 아침밥 대신 용민에게 갖다 주고 원기가 누워 있는 이부자리와는 다른 방향으로 이불을 깔고 옷도 갈아입지 않고 잠들어 버렸다. 용민은 상에 차려놓은 고기산적을 입안 가득 넣고 떡도 입에 욱여넣어 배를 채웠다. 이런 맛있는 음식을 먹는 일은 좀처럼 없는 일이다. 게다가 혼자서는 도저히 다 먹을 수 없을 만큼의 고기와 떡 등이 상 위에서 용민의 입맛을 돋우고 있다. 용민은 정신없이 먹어 치웠다. 먹는 일에 정신이 팔려있던 용민은 원기가 등 뒤에 서 있는 것도 알아채지 못했다. 무심코 돌아보다가 용민은 움직이던 입을 갑자기 멈췄다. 그리고 잽싸게 팔꿈치로 머리를 감쌌다. 원기의 손에 알루미늄 주전자가 들려 있었다. 용민은 지난밤의 일이 다시 시작되는 줄 알았다. 그러나 원기는 잠자코 주전자를 용민의 눈앞에 내밀었을 뿐이었다. 자세히 보니 주전자의 볼록한 부분 중 한 군데가 움푹 들어갔다. 그것은 어젯밤 용민의 머리에 부딪힌 흔적이다. 주전자에 맞은 부위가 갑자기 쓰라리기 시작하는 듯해 용민은 엉덩이를 들었다. 원기가 어떻게 나오느냐에 따라 도망칠 태세였다.

그러나 뜻밖에 원기는 겸연쩍은 듯 누런 이를 드러내며

씩 웃었다. 웃는 얼굴에 덩달아 안심한 용민이 주전자를 건네받자, 원기는 주먹을 쥐고 검지와 중지를 뻗으며 고개를 끄덕였다. 술을 두 홉 사 오란 말이다. 그리고 작은 목소리로 말했다.

"언치냑은 미안허다."

원기는 10전짜리 동전 두 개를 용민의 손바닥에 얹었다. 용민은 가슴 속에 굳어있던 차가운 것이 갑자기 녹아내려 눈 속으로 솟아오르려는 것을 꾹 참았다. 돈을 주머니에 넣고 골목길 공동수도에서 주전자를 씻은 후 술집으로 달려갔다. 돌아와 보니 원기는 밥상 앞에 앉아 기다리고 있었다. 원기는 두 홉의 술을 단숨에 다 마시고 나서 상 위에 있는 고기산적 하나를 집어 입에 욱여넣었다. 용민에게도 턱을 치켜들며 더 먹으라고 권했다. 안방에서 명순이 일어날 기미를 보였다. 변소 문이 열리는 소리에 이어 고통스럽게 토하는 명순의 신음소리가 들렸다. 원기는 고개를 돌려 계속 명순의 신음소리를 듣고 있다가 무슨 생각을 했는지 얼른 일어나 안방으로 들어가 방 사이의 장지문을 꼭 닫았다. 명순이 변소에서 나오는 기척이 났다. 원기가 연신 낮은 목소리로 명순에게 묻는다. 명순의 목소리는 들리지 않았다. 그런 거야 하고 계속 속삭이는 원기의 목소리가 잠시 이어졌다. 시끄럽다는 명순의 낮은 목소리만 또렷이 들렸다. 뒤이어 명순이 원기의 몸을 밀치는 기색이 역력했다. 그 후로 말소리가 뚝 끊어졌다. 어찌 된 일일까. 뭔가 안 좋은 일이라도 시작되는 게 아닐까? 용민은 다시 불안이 엄습해 와 정신이 없었다. 어른들이란 알 수가 없다. 방금 웃고 있다고 생각했는데 금세 화를 낸다. 화가 났는가 하면 금방 울음을 터뜨리곤 한다. 다만 지금은 울음소리가 나지 않는 것이 그나마 안심이었지만.

잠시 후, 어젯밤과 같은 구깃구깃한 외투를 걸친 원기가 집을 나섰다. 명순은 다시 이불 속으로 기어들어 갔다. 용민은 뭔가 마음에 걸렸다. 하지만 뭐가 그리 걱정스럽냐고 물으면 전혀 이유를 알 수 없었다. 용민은 오전 내내 그렇게 방안에 홀로 앉아 걷잡을 수 없는 일들을 생각하고 또 생각했다.

점심때가 되어 명순이 잠자리에서 빠져나왔다. 푹 잤는지 명순의 얼굴에는 얼마간 생기가 돌고 있었다. 다만 눈꼬리만큼은 평소의 명순과 달리 약간 치켜 올라 보였다. 명순은 상 위에 남은 음식으로 점심을 때우고는 지금부터 내일 팔

채소를 사러 갈 테니 따라오라고 했다. 용민은 기꺼이 명순의 뒤를 따랐다.

명순과 용민이 변두리 농가를 돌아다니며 사들인 무나 경수채 같은 겨울 채소류를 손수레에 싣고 집으로 향한 건 이미 해 질 녘이 다 되어서였다. 두 사람은 공원 옆길을 걷고 있었다. 그때 명순이 손수레를 멈추고 용민에게로 갔다.

"저걸 보라."

공원 구석에 잎이 다 떨어진 한 그루의 포플러나무가 커다란 빗자루처럼 저녁 하늘에 도드라져 보였다.

"저 낭에 생이덜 잘도 하영 앚앙 잇저이?"

마치 포플러나무의 가느다란 가지에는 검은 얼룩처럼 보이는 참새들이 떼 지어 모여앉아 연신 울어대며 저물어 가는 마지막 한때를 보내고 있었다. 참새들은 돌연 검게 마른 잎사귀처럼 포플러나무 가지에서 날개를 펴고 아래로 내려와 떼를 지어 줄기 주위를 한 바퀴 돌고 다시 가지로 날아오르곤 한다.

"용민아, 나 어린 때 고향에선 아부지영 자꾸 밧디 일허레 가난. 일 다 헹 집이 가는 길에 딱 저런 낭이 잇어신디 그디 생이덜 앚앙 우는 걸 보민, 저거 보렌 허멍 아부지가 영 굴아난. 명순아, 저건 말이지 생이덜이 그자 낭 우이 앚 아 이신 게 아니여. 새끼 생이덜은 낭을 떠나민 살 수 엇다. 오름 뒈민 낭은 버렝일 불러 들영 생이신디 먹을 걸 대주 주게. 무성헌 이파리는 생이덜이 곱기에도 좋아. 경헹 밤 뒈민 정 자기네끼리 모다정 ᄀ치 자. 경허고 ᄆ음이 맞은 상댈 봐지민 그 두 ᄆ리만 낭에서 떨어져 나강 따로 집을 짓은뎅 헤라. 용민아, 저디서 우는 생이덜은 ᄆ딱 총각일지 도 몰라. 아ᄭ운 처녀도 이신디사 몰르주. 약헌 것덜은 ᄆ 딱 정 모다정 살아가는 거여. 사름도 마찬가지주. 어린 때 사 누게가 보살펴 주지만 어른이 뒈민 이녁 힘으로 둥질 틀지 안허민 안 뒌다. 용민아, 생이덜도 이녁 힘으로 살아 감시녜. 느도 마찬가지여. 우린 가난헹 초등혹교도 보내지 못헷주만은 저 생이덜이 자기 힘으로 먹일 촛아내는 거추 룩 거추룩 느도 느대로 글자도 외우지 안헤샤. 는 나추룩 까막눈이 아니여. 앞으로도 아부지 일로 주눅 들지 말라. 는 남저난."

용민은 명순의 깊은 말뜻을 잘 알아듣지 못했지만 그녀 가 자신에게 용기를 북돋아 주고 있다는 것만은 분명히 알 수 있었다. 용민은 가슴을 펴고 크게 숨을 들이마셨다.

그러자 해 질 녘의 차갑고 맑은 공기에 부드럽게 녹아 있던 명순의 목소리가 자신의 몸속으로 상쾌하게 스며드는 듯했다.

그로부터 한동안은 원기와 명순 사이에 다툼이 끊이지 않았다. 명순은 무엇인가를 결단하라고 원기에게 다그치는 듯했다. 원기는 말없이 고개를 숙이고 생각에 잠겨 있는 일이 많았다.

어느 날 명순은 용민을 데리고 호준의 집으로 갔다. 명순은 올케언니인 순이 앞에서 눈물을 훔치며 말을 이어갔다.

"언니, 보물을 일러분 후제사 그 가치를 알게 뒵니께. 나 일본 왕 10년 살아수다. 그 사이에 새끼 셋을 나신디 다 죽어불언. 그때마다 온몸에 피를 다 뽑아내는 거추룩 괴로웁디다. 이제 일본은 아무 미련 엇수다. 이 배 속에 이신 아이만은 잘 낳아 잘 키우구정 허우다. 고향서 나 손으로 멘든 거 멕이멍 튼튼허게 키우구정 헤마씨. 나 일허는 건 힘들지 안허우다. 근디 일허는 보람도 엇인 고생은 이젠 안 허구정 허여마씨."

"게난 원기도 결정헤샤?"

순이는 차분한 말투로 물었다.

"제우 설득헨마씨. 그 사름도 고향에 가민 진득허게 일헐 거렌 기대헴수다만은……."

그날 명순은 용민을 호준의 집에 남겨두고 돌아갔다.

그날 밤, 일을 마치고 돌아온 호준은 순이가 사정을 이야기하자 잠시 생각에 잠겼다가 용민에게 말했다.

"느도 이제 열세 설이 뒈시난 나가 허는 말도 이해헐 거여. 느네 아방은 우리 스춘 성안티 전혀 관심 엇저. 느네 어멍 말이여. 그 어멍은 또 널 놔뒁 뜬 집이 가불엇저. 경헷덴 어멍을 원망허지는 말라. 그 이윤 느가 크민 알 거여. 는 어린 때부터 눈칫밥을 먹으멍 컷주만은 주눅 들민 안 뒌다. 는 남저난. 이제부턴 느가 벌엉 먹엉 살아산다."

호준은 술을 조금 마신 듯 거침없이 말을 이어갔다. 말을 빨리했지만 말투는 빨라도 목소리에 힘이 실려있어 경박한 느낌이 들지 않았다. 호준은 여동생 명순과 역시 성격이 비슷하다. 가슴에 말을 담아두지 못하는 점도 그렇지만 말하는 것까지 명순과 똑 닮았다. 호준의 따스하고 포근한 목소리는 용민의 마음에 보드랍게 와닿았다. 그래, 나는 남자야. 참새도 자기 힘으로 살아가고 있지 않은가……. 용민은 명순이 돌아가는 길에 용민의 귀에 입술을 바싹대고 몸속으로 촉촉이 스며들 듯이 속삭이는 소리가 들리는 것만 같아 눈물이 핑 돌았다. 앞으로는 호준 삼촌과 사는 거야. 일도 똑 부러지게 하고, 내 힘으로……

용민이 호준의 집에서 살게 된 지 2년쯤 지난 어느 날, 용민이 공장에서 돌아와 보니 현관 흙마루에 낯선 작업화가 벗어던져져 있었다. 순이는 부엌에서 풍로 불에 연신 호르몬(ホルモン)을 굽는 중이었다. 안방의 다다미방에 놓인 식탁에 호준과 마주 앉은 머리를 삭발한 남자가 탁주 사발을 주고받으며 들이키고 있었다. 용민은 움찔하며 옷깃에 무엇인가가 새겨진 윗도리를 걸친 새우등 남자의 뒷모습에서 어떤 예감을 받았다. 마늘 냄새나는 연기가 스며든 눈을 찌푸리며 순이는 말했다.

"용민이 와샤? 무사 경 얼굴이 굳어샤?"

그러더니 그녀는 갑자기 목소리를 낮춰 조선말로 속삭였다.

"아부지 왓저."

"누게 아부지마씨?"

용민은 퉁명스럽게 말했다.

"뭐? 느네 아부지주 누구라."

순이는 사람 좋아 보이는 눈을 깜짝 놀란 듯이 크게 뜨며 분명하게 말했다.

"나신디 아부진 어수다."

용민은 큰 목소리로 딱 잘라 말한 것에 만족하며 순이를 쳐다보았다.

순이는 황급히 용민의 손에서 도시락을 낚아채고 턱을 치켜들며 방을 보라는 시늉을 했다. 호준과 영하가 조용히 이쪽을 바라보고 있었다. 벌써 7시가 다 되어 방 천장에 매달린 백열등이 호준과 영하에게 누런빛을 뿜어내고 있었고 그 아래 창백하게 부어오른 영하의 얼굴 윤곽이 화가 치밀어오르는 용민의 눈에 들어왔다. 제법 술이 들어간 것 같은 축축하고 어둑어둑한 영하의 눈마저도 용민의 부아를 돋웠다. 용민은 자신의 마음이 적을 마주친 소라처럼 뚜껑을 꼭 닫는 것을 느꼈다. 용민은 자기 몸이 영하에 대한 적대심으로 금세 부풀어 오르고 출구를 찾고 있던 그 뜨거운 덩어리가 뛰어오르듯이 눈동자로 뿜어 올랐다. 곧이어 방안의 축축한 공기 속을 가로질러 곧바로 영하의 게슴츠레한 안구 속으로 파고 들어가는 것을 느끼고 있었다. 용민은 그렇게 뿜어져 나온 자신의 적대감이 영하의 몸속까지 아니 내장 구석구석까지 파고들었으면 하고 생각했다.

호준은 손에 들고 있던 사발을 상 위에 천천히 내려놓고는 침착한 목소리로 말했다.

"올라오라. 이레 오라."

호준은 그렇게 용민을 재촉하고 나서 어색한 분위기를 풀어보려는 듯 다시 덧붙였다.

"……"

"부모신디 인사 졸바로 허라. 그게 경 어려운 일이가?"

"부모가 부모다우민 인사 정도는 얼마든지 헐 수 이수다."

용민은 반항의 의지를 담아 호준을 돌아보았다. 그런데도 용민은 더욱 중요한 말을 놓쳐버린 기분이었다. 그것만으로는 마음이 가라앉지 않았다.

영하는 책상다리를 한 무릎에 얹은 양팔에 힘을 주고 흙마루에 서 있는 용민을 지그시 응시한 채 꼼짝도 하지 않았다. 용민은 자신의 적대감이 한 치의 오차도 없이 영하에게 전해진 것을 확인했다. 용민이 영하의 눈을 향해 뿜어낸 증오의 불길이 영하의 몸 안에서 검은 불꽃을 일으키며 활활 타오르고 있었다. 용민은 주눅 들지 않고 검은 연기를 내뿜기 시작한 영하의 눈빛을 여봐란듯이 받아치고 싶었다. 그러나 용민은 그렇게 하지 못했다. 용민은 눈을 내리깔았다. 그러자 용민은 자신의 얼굴이 화끈 달아오르고 사지가 지글지글 타는 듯한 열기를 느꼈다. 영하의 시선에서 되돌아오는 무엇인가가 오히려 용민의 몸을 에워싸고, 뒤덮고, 모두 태워버리려고 하는 것 같다. 용민은 무릎이 부들부들 떨렸다. 그것은 분한 일이다. 영하를 향한 분노뿐만 아니라 자신의 의지와 다르게 후들거리는 사지가 영하 앞에 굴복하는 것을 의미했다.

"시건방진 소리 잘도 지껄염저!"

영하는 떨떠름한 목소리로 말했다.

"느도 허세 부릴 줄 알암저이. 어디서 줏어들은 게 이실테주만은, 그건 그거고 느 요새 책 하영 읽엄젠 헨게. 느가 읽은 책엔 부모를 소중히 허렌 안 써져 이시냐? 자길 버린 부모라도 애썽 촛아다니는 자식 이야긴 엇인 모양이여이? 나 정도 뒈는 부모라도 고마운 줄 알라. 나도 나 나름대로 느 때문에 힘들게 살앗저. 느가 지금 이디서 사는 것도 나 얼굴을 뱅인 걸 몰람시냐? 어이, 호준이 거 아니라?"

영하는 호준의 동의를 구하듯 돌아보았다.

"……."

호준은 머쓱한 표정으로 영하를 힐끗 쳐다보았다.

"오널랑 그만 허게. 원허민 부모다운 모습은 얼마든지 보여줄 수 이시난, 앞으로 얼마든지."

영하는 쓴 것이라도 토해 버리듯 뺨을 실룩거리며 잘라 말했다. 그러고는 탁주 사발을 잡고 벌컥벌컥 들이마셨다.

용민은 바람이 새는 고무풍선처럼 몸이 오므라드는 것을 느꼈다. 자신의 몸속에서 영하에 대한 적대감을 담고 있던 커다란 가죽 주머니가 갑자기 폭발해버린 것처럼. 용민은 망연자실하여 시선 둘 곳을 잃은 채 허공을 바라보았다. 그런 구실도 있었다. 더구나 영하는 진심으로 그래야 한다고 믿어 의심치 않는 것 같았다. 용민은 순간 반박할 말도 생각하지 못하고 맥없이 눈을 내리깔았다. 그러자 갑자기 얼음덩어리 같은 비애가 치밀어 올라 용민의 목구멍을 막아 버렸다. 용민은 말문이 막혀 그 자리에 우두커니 서 있는 것밖에 어쩔 도리가 없었다.

영하는 이후 호준의 집에 자리를 잡았다. 용민의 장래를 위해서라도 영하를 어떻게든 정신 차리게 하고 싶은 호준의 마음 씀씀이에서 우러나와 그런 권유를 한 것은 두말할 필요도 없다. 호준은 자신의 속마음은 둘째치고 겉으로는 영하를 옛날 사촌 누나의 남편으로서 깍듯이 대했다. 옛날 방식이라고 하면 이상할 것도 없지만 어쨌든 호준은 영하에게 반말지거리는 하지 않았다. 반드시 형님이라 부르며 영하를 공손하게 대했다. 호준의 그런 태도에서 영하를 착실하게 살아가게 해 보려는 호의와 배려가 역력히 보였다. 그것은 순이의 경우도 마찬가지였다.

그러나 영하는 호준의 그런 배려를 당연한 것처럼 받아들일 뿐이었다. 영하는 호준의 소개로 미장이의 허드렛일을 하기 시작했지만 싫증이 나면 언제든지 일을 빼먹었고 훌쩍 집을 비워 며칠씩 돌아오지 않을 때도 있었다. 자연히 호준과 불화가 생겨났다. 용민은 여전히 영하가 남처럼 느껴져 낯설었다.

어느 날, 영하가 공사장에서 바람에 흔들리는 널판자에 부딪혀 양쪽 눈이 시퍼렇게 멍이 든 채로 돌아왔다. 찢어진 상처는 보이지 않았으나 안에서 출혈이 심한지 무화과처럼 부어오른 쌍꺼풀이 양쪽 눈 위에 처져서 눈을 뜰 수 없는 상태였다. 영하는 이불 속으로 들어가 젖은 수건으로 눈을 식히면서 끙끙 앓는 소리를 낸다. 보다 못해 호준이 의사에게 가보라고 권해도 영하는 좀처럼 말을 듣지 않았다.

"가난뱅이가 이까짓 것에 일일이 의사나 찾아가느냐? 딱 굶어 죽기 좋은게. 이까짓 건 그냥 내불민 낫는다게."

영하는 참고 견딜 심산인지 호준의 권유를 받아들이지 않았다.

용민은 약국에서 사 온 붕산을 미지근한 물에 녹여 영하의 눈을 찜질했다. 두 시간 정도 수건으로 연거푸 찜질했더니 검붉게 부어 있던 눈 주변이 발그레해지기 시작하고 부기도 꽤 가라앉았다. 용민이 붕산수에 적신 수건을 짜 영하의 눈 위에 올리려 하자, 이불 속에서 영하의 오른손이 불쑥 튀어나와 용민의 젖은 손을 지그시 잡았다.

"고맙다. 많이 좋아졌저. 이제 그만 자라."

영하는 부드러운 목소리로 용민을 칭찬하며 한동안 용민의 손을 만지작거리다가 다시 이불 속으로 슬며시 팔을 집어넣었다. 용민은 휘청하고 자신의 마음이 영하에게 쏠리는 것을 느꼈다. 애써 영하를 거부하려던 자신의 의지를 밀쳐내고 그 의지를 훨씬 능가하는 힘을 가진 무언가가 자꾸만 영하의 마음속으로 들어가고 싶어 한다. 용민은 그때 처음 만져 본 영하의 거칠고 옹이처럼 올록볼록한 피부에 거칠거

칠한 손바닥 감촉과 함께 전해지는 온기가 그리워하던 그 무엇처럼 느껴졌다.

이튿날 용민은 공장을 쉬고 줄곧 영하 곁에 붙어 있었다. 눈의 부기는 많이 가라앉았지만 눈을 뜨면 동공 언저리 결막 부분에 검붉은 혈종과 같은 덩어리가 가시지 않아 내버려 둘 수 없었다. 용민은 어젯밤부터 생각하고 있었던 것이 있다. 그것을 영하에게 지금 말하지 않으면 오늘이 아니면 한동안 기회는 다시 오지 않을 것 같았다.

"저……."

용민은 영하에게 말을 걸었지만 역시 아버지란 말은 나오지 않았다. 그래도 아랑곳하지 않고 용민은 계속했다.

"부탁헐 게 이신디예……."

"무사 경 정색헌 얼굴로, 뭐?"

영하는 눈 위의 수건을 걷어내고 용민의 얼굴을 의아하다는 듯이 바라보았다.

"나 이제꺼지 일헹 30엔 흐꼼 더 모아수다. 이거 믄딱 주크메, 앞으론 흐꼼…… 착실허게, 제대로 살아시민 좋크라마씨……."

그렇게 말하고 나니 용민은 속이 시원해져서 고리짝 속에서 꺼낸 우체국 저금통장을 영하의 코앞으로 슬그머니 내밀었다.

"……."

영하는 순간 어이없는 얼굴을 하더니 불쑥 맥 빠진 목소리로 중얼거렸다.

"이걸 나신디 믄딱 주켄허는 거라…… 경헹 앞으로 잘살아 보자고?"

"예, 둘이 일허민 우리도 얼마든지 잘살 수 이서마씨……."

"기여, 알앗저. 그건 느가 잘 가정 이시라……."

영하는 다시 젖은 수건을 눈 위에 슬며시 올려놓더니 크게 콧방귀를 뀌었다.

용민은 영하의 속마음을 알 수가 없어서 저금통장을 움켜쥔 채 풀이 죽어 주저앉아 있었다. 아무리 기다려도 영하의 대답은 돌아오지 않았다.

그로부터 한 달쯤 지난 밤의 일이었다. 공장에서 돌아온 용민이 잡지를 읽고 있는데 외출에서 허겁지겁 돌아온 영하가

"용민이 집이 싯구나."

라며 옆으로 왔다. 영하는 주름투성이가 된 봉투를 용민에게 살짝 내밀며 말했다.

"이거 읽어 주라."

영하는 자못 겸연쩍은 듯 엷은 웃음을 머금고 있었다. 영하는 어려운 일본 글자는 읽지 못한다. 용민은 잠자코 봉투를 받아들었다. 영하에게 편지가 오는 일은 좀처럼 없는 일이었기에 일종의 호기심도 없지 않았다. 뒤집어 보니 발신인은 여자 이름으로 되어 있었다. 용민은 편지지를 꺼내 들었다. 영하의 얼굴을 힐끗 살피자 영하는 피식 웃으며 고개를 한번 끄덕여 보였다. 용민은 그 편지가 영하에게 중요한 의미라는 것을 직감했다. 용민은 일순간 눈앞이 흐릿했다. 그것은 감상이라고도 엷은 슬픔이라고도 이름 붙이기 어려운 찰나의 전율을 용민의 마음에 남기고 깜짝할 사이에 희미해져 갔다. 용민은 문득 일찍이 영하와 함께 살았다는 여자를 상상했다. 그리고 동시에 고향에 살아 계실 어머니 생각이 머리를 스쳐 지나갔다. 용민은 자신도 마음속 희미한 떨림이 누구를 향한 것인지 알 수 없었지만 그것이 어머니라도, 영하의 여자처럼 보이는 편지의 주인공이라도 상관없다고 생각했다. 하물며 자신이라 한들 무슨 상관이랴. 그리고 영하의 주위에 모두가 모여 친밀한 사이가 되어 아이들이 즐거운 놀이를 할 때처럼 서로 손을 맞잡고 살아갈 수 있다면…….

용민은 겉으로는 마음속 동요를 영하에게 들키지 않으려고 애써 태연한 척하며 편지지를 펼쳤다. 봉투 겉봉에 쓴 거침없는 필적과는 달리 한자도, 쉼표도, 마침표도 없이 이제 막 글을 배우는 아이처럼 삐뚤삐뚤한 히라가나로만 빽빽이 채워져 있었다.

"뭐렌 적어져샤?"

영하는 다급한 목소리로 용민의 대답을 재촉했다. 용민은 이에 대꾸하지 않고 몇 줄 읽어 내려가더니 지금까지 마음속에서 일고 있던 따스한 감상이 순식간에 어디론가 사라져 버리는 것을 느꼈다. 용민은 얼굴이 시뻘겋게 달아오르고 심장이 마구 뛰기 시작했다. 그것은 술집의 여자가 단골손님에게 써서 보내는 남녀 간의 은밀한 세계의 이야기로 시작되었기 때문이다. 열여섯 살이 된 용민은 이미 남녀 간에 벌어지는 행위를 나름대로 상상하고 있었고, 거센 끌림과 강한 반발 그리고 불안감으로 뒤죽박죽이 된 심경으로 성(性)과 마주하지 못한 채 망설이고 있는 자신을 의식하고 있었다. 용민은 자신을 당황하게 하고 가슴속에서 일렁이던 따스한 감상까지 산산조각 내버린 영하를 용서할 수 없었다.

"난 못 읽으쿠다!"

용민은 일부러 보란 듯이 얼굴을 돌리고 뒤이어 영하에게 편지를 건넸다.

"무사 못 읽어? 쉬운 히라가나로 써지지 안헤시냐?"

영하는 영문을 모르겠다는 투로 되물었다.

"이거, 경헌 디서 일허는 여자안테서 온 편지 아니꽈?"

용민은 읽지 못하는 이유를 넌지시 내비치며 겨우 대답했다.

"맞아."

영하는 몹시 만족스러운 듯 고개를 끄덕였다.

"경허난 느가 읽어 주고 그럴듯허게 답장도 써 주렌 허젠 헷지. 이 정도 읽는 것사 식은 죽 먹기 아니가?"

"안 허쿠다!"

용민은 딱 잘라 거절했다.

"는 나 말은 안 들을 작정이가?"

용민은 영하에게 세게 따귀를 맞고 다다미 위에 나동그라졌다. 따끔따끔 뺨에 전해지는 아픔을 참으며 고집스럽게 영하를 돌아보았다. 영하는 주먹을 꼭 쥔 오른손을 치켜들고 있었지만 그러면서도 몹시 당황한 듯한 서글픈 눈빛으로 용민을 내려다보고 있다. 용민은 영하의 그 눈 속으로 세차게 경멸의 화살을 꽂았다.

　계절은 여름으로 옮겨가고 있었다.
　극심한 축농증에 시달리던 용민은 수술을 받게 되었다. 호준은 70엔의 입원비를 어떻게 마련할까 하고 이리저리 궁리하고 있었다.
　"영 놔두민 뇌에도 좋지 안허덴 헴저. 썩은 콧물이 위장으로 들어강 음식도 못 먹게 되고 온몸에 다 해롭덴 허난 어떵허든 입원을 시켜야지."
　호준은 의사에게 들은 그대로 순이에게 전하고 목소리를 낮춰 돈을 어떻게 마련할지 말하기 시작했다. 용민이 모은 돈은 30엔 남짓밖에 없다. 호준은 퇴원할 때 20엔 정도 보태기로 했다. 나머지 20엔을 어떻게 마련하느냐가 문제였다. 그러자 영하가 모자란 돈을 내놓겠다고 했다. 영하는 대수롭지 않은 듯이 말했다.

"지금은 가진 돈이 엇주만은 교토 가민 수술헐 때꺼지 그 정도 돈은 마련헐 수 잇저!"

그리고 교토에 있는 병원에 입원하는 게 좋겠다며 고집했다.

한여름 햇살이 눈부시게 내리쬐는 오하시(大橋)를 건너 영하는 교토의 히가시쿠조(東九條)로 옮긴 송 씨의 집으로 용민을 데려갔다. 그러나 영하는 용민을 송 씨의 집에 맡겨 놓고 돈을 마련하러 나간 채 삼일 정도 나타나지 않았다.

용민은 송 씨의 아들 배근에게 부탁해서 인근에 영하와 안면이 있는 집을 찾아다녔다. 영하의 모습은 어디에도 없었다. 용민이 갖고 있었던 30엔은 이미 영하의 손에 넘어갔다.

영하를 찾다 못한 용민은 배근과 헤어져 혼자 오하시의 전찻길에서 교차로 방면으로 걸으며 영하가 아무 일 없이 돌아오기만 한다면 꼭 껴안아 주고 싶다고 생각했다. 언젠가 말했듯이 둘이 열심히 일해서 잘살아 보자고 간절히 부탁하고 진심으로 화해하고 싶었다.

노면전차가 종소리를 땡땡 울리면서 한가로이 지나갔다. 포장도로의 플라타너스 나무 그늘에 쪼그리고 앉은 두 소년이 열심히 딱지를 세고 있다.

"어디 경 감샤?"

갑자기 영하의 목소리가 들렸다.

깜짝 놀라 용민이 돌아보니 도로 위 포장마차에서 새하얀 와이셔츠를 입은 영하가 사이다병을 입에 대고 병째 마시는 중이었다. 영하는 손등으로 젖은 아랫입술을 닦으며 한없이 태평스럽게 말했다.

"어떵 느도 혼잔 허젠?"

"아니마씨."

용민은 고개를 가로저으며 거절했다. 그런 영하가 갑자기 용서할 수 없을 것 같았다.

"배근이네 집이서도 다덜 걱정헴수다. 나도 어제부터 계속 찾아다녀신디 어디 가나수꽈?"

용민은 영하와 나란히 오하시 쪽으로 발길을 돌리며 따져 물었다.

"걱정허멍 춫아뎅길 부모도 아닌디."

영하는 웬일인지 몹시 우울한 목소리로 중얼거리다가 이제 막 산 듯한 흰 손수건으로 목덜미의 땀을 쓱쓱 문질렀다. 그리고 갑자기 걸음을 재촉하며 단호하게 말을 꺼냈다.

"는 오널 오사카로 돌아가라. 돈 구허는 게 쉬운 일이 아니여. 입원은 일단 미뤄사켜."

"맡긴 돈은?"

"아, 건 나가 필요헹 써불엇저. 호준이신디도 잘 굴아주라. 느도 빨리 돌아가는 게 좋을 거여!"

용민은 멍하니 서서 삭발 머리의 새우등 뒷모습을 바라보았다. 영하는 더 이상 뒤도 돌아보지 않고 걸음을 재촉하며 햇볕이 쨍쨍 내리쬐는 포장도로를 성큼성큼 걸어갔다. 용민의 시야가 갑자기 어둑어둑해졌다. 내리쬐는 태양도 왕래하는 사람의 그림자도 모든 것이 일순간에 사라져 버렸다. 용민의 눈에는 저 멀리 깊은 어둠을 향해 돌진해 가는 하얀 와이셔츠를 입은 영하의 뒷모습만이 뚜렷하게 보였다.

용민은 그 길로 송 씨의 집에 인사도 하지 않은 채 곧장 오사카로 돌아갔다.

"짐승 거튼 놈, 이제 끗이여. 더는 부모렌 생각허지 말라!"

용민에게 사정 이야기를 들은 호준은 이를 갈며 앞에 있던 재떨이를 움켜잡더니 벽에 내동댕이쳤다. 그 벽이 마치 영하라도 되는 것처럼.

"처음부터 돈을 노려난 거여. 교토에 이신 병원에 입원시키젠 허는 게 아멩헤도 이상허덴 생각헤신디. 경혜도 설마

이년 새끼 입원비에 손을 댈 거렌 생각도 못 헷저. 어제 혹
시나 헹 봐신디 그 인간 짐이 거의 엇어. 이제 안 돌아오젠
가정간 거라. 아멩헤도 어디 여저신디 미청 그 돈 다 갖다
바쳐 분 거라. 근본부터가 글러먹은 인간이여."

순이는 부서진 재떨이 조각을 주우면서 분통을 터뜨리며
말했다.

그해 말쯤 교토에 사는 송 씨가 느닷없이 호준을 찾아왔
다. 이번에도 경찰에 잡혀간 영하를 만나러 가주지 않겠느
냐는 것이었다. 격분한 호준은 송 씨의 부탁을 일언지하에
거절했다. 그때 호준은 재떨이를 내던지는 것만은 애써 참
아내고 있었지만 몹시 부아가 치밀어 오른 듯 송 씨의 얼굴
을 노려보며 잘라 말했다.

"당신도 이제 영하 성을 그만 이용해 먹읍서! 친절헌 추룩
혼자 다 허멍 뒤에서 영하 성을 부추기는 걸 나가 몰람시카
부덴!"

송 씨는 풀 죽은 눈을 하고 돌아갔다.

용민은 더 이상 영하의 운명에 휘둘리는 일 따위는 하지
않으리라고 작정했다. 루거우차오(蘆溝橋)에서 발발한 중국

대륙에서의 전쟁은 이미 그해 여름에 시작되었다.

3

용민이 교토역에 도착하니 바람은 한층 더 거세졌다. 전차 안에 꽉꽉 들어찬 사람들의 훈김으로 후덥지근했다가 갑자기 바깥 공기를 쐬니 뼛속까지 추위가 스며들었다. 옆에서 느닷없이 들이치는 바람이 잔뜩 몸을 움츠린 채 역 앞 광장을 지나는 용민의 뺨을 세차게 때린다. 그럴 때마다 용민은 힘 주어 걷던 걸음을 멈추고 등 위에서 부는 칼바람에 얼얼해진 귓볼을 양손으로 감쌌다. 정말 매서운 바람이었다. 에는 듯한 아픔을 귀와 뺨에 남겨둔 채 아랑곳하지 않는 찬바람에 그는 적대감마저 느꼈다. 인적이 드문 광장을 가로질러 나가자 앞쪽 삼거리 왼편으로 회색빛이 감도는 칙칙한 마루부쓰(丸物) 백화점 건물이 보이고, 그 앞 인도 한쪽에 엉성한 목조 책상을 놓고 복권을 파는 노파가 쭈글쭈글한 눈을 끔벅거리며 꼼짝 않고 앉아 있었다. 책상 앞쪽에 붙은 복권 광고지가 강풍에 날려 파닥파닥 소리를 내고 있다. 목적지 정류장을 잊어버린 용민은 노파에게 길을 물으려다 말고 입을 닫았다. 길가에 서 있는 오래된 돌부처처럼 세찬 바람을 맞으며 떡하니 앉은 노파는 용민이 다가가도 전혀 관심을 보이지 않았기 때문이다. 용민은 무심코 노파가 책상을 놓고 자리 잡은 인도 건너편으로 시선을 돌렸다. 마루부쓰 백화점의 칙칙한 회색 빌딩 바로 옆에 그것과는 대조적으로 시골에서 유랑극단이 공연하는 가건물처럼 허술한 2층 목조 가옥이 음침하게 웅크리고 있었다. 그것은 그 옛날 보는 사람을 위압하는 듯한 거만한 분위기는 사라졌지만 틀림없이 K경찰서의 몰락한 모습이었다. '경찰서에 강 아방을 돌려주렌 울멍 수정헐 수 이시크냐?' 용민에게는 오래전 송 씨의 목소리가 선명하게 귀에 들려오는 것 같았다. 그때 영하를 가두었던 K경찰서는 여전히 살아남았다. 용민은 갑자기 화가 치밀어 올라 빠른 걸음으로 전차 승강장 쪽으로 되돌아갔다. 뭐 됐어. 정류장 이름은 잊었지만 일단 전차를 타고 가보면 어떻게든 생각이 날지도 몰라. 용민은 어렴풋한 기억을 의지해 대강 짐작하는 곳에서 내려 보기로 하고 역 앞에서 키타노(北野)로 가는 포장마차 트럭처럼 사람들로 북적이는 자그마한 노면전차에 올라탔다.

쇼센(省線)전철에 비해 시내를 달리는 노면전차는 상당히 한산했다. 앉으려고 하면 원하는 자리에 앉을 수도 있었지만 용민은 운전대 뒤에 선 채 창틀에 팔꿈치를 올려 뿌연 흙먼지로 더러워진 유리창 너머로 시가지에 늘어선 집들 쪽으로 시선을 던졌다. 집과 집 사이에 하얀 상처 자국같이 휑한 공터가 보인다. 전쟁 중에 강제소개(强制疏開)로 솎아 낸 집터의 흔적이었다. 전쟁 재해에서 완전히 벗어난 것 같은 이 마을에도 전쟁이 할퀴고 간 흔적은 뜻밖의 모습으로 남아 있었다.

그때 용민의 등 뒤에서 난데없이 웃음소리가 들려왔다.

"엄마, 이거 노면전차 맞지?"

용민이 돌아보니 차 안 중간쯤 자리에 어머니와 아들로 보이는 두 사람이 앉아 있었다. 일바지를 입은 여자는 근처 농가의 주부 같았고 작은 체구치고는 무릎 위 깍지를 낀 양손이 도드라지게 발달해 큼지막하고 손가락은 마디가 굵다. 일곱 살쯤 되어 보이는 옆에 앉은 소년이 연신 운전대를 가리키고 있었는데 그 손도 작은 글러브처럼 어린애치고는 커서 절로 미소를 띠게 할 만큼 엄마의 그것과 똑 닮았다. 전차는 마침 어느 사거리에 다다르고 있었다. 전차는 몸체를 좌우로 흔들면서 동화 속 이야기에 나오는 종소리처럼 딸랑 딸랑 울리고 있었다.

"딸랑, 딸랑, 종이 딸랑딸랑 해. 엄마!"

소년은 종소리가 즐거워 참을 수 없다는 듯 몸을 가늘게 흔들며 작은 글러브 같은 손가락을 치켜세워 운전대 위쪽에 있는 종을 가리켰다. 그럴 때마다 승객들 사이에 작은 웃음 소리가 번졌다.

"얘야, 하지 마. 조용, 하지 마!"

당황한 어머니가 얼굴을 붉히며 하지 말라고 말려도 소년 은 전혀 개의치 않고 딸랑딸랑하고 노래하듯이 종소리 흉내 를 냈다. 용민도 그만 웃음이 나와 볼이 실룩거렸다. 그러자 소년은 승객들의 웃음 대상이 자신이었다는 것을 뒤늦게 깨 달은 듯 두 손으로 얼굴을 휙 가리고 어머니의 등 뒤로 머리 를 밀어 넣으며 숨었다. 승객들은 또 한 번 웃음을 터뜨렸 다. 그러나 곤혹스러운 듯 고개를 숙이고 있는 어머니의 모 습에 승객들의 웃음이 잠잠해졌다.

용민은 정류장을 확인하기 위해 다시 창밖을 응시했다. 몇 년 전 겨울에도 용민은 이 노면전차를 타고 이 길을 다녔 었다.

영하와는 멀리 떨어져 다른 세계에서 살고 싶었던 용민은 당시 호준의 집을 떠나 도쿄에서 살고 있었다. 어느 날 용민은 교토에 사는 송배근이 하숙집으로 보낸 얇은 편지 한 통을 받아들었다. 편지에는 영하가 또 사건을 일으킨 사연이 간단하게 적혀 있었다. 용민은 다 읽은 편지지를 구깃구깃 구겨서 방 한구석에 던져버렸지만 소용없는 짓이라는 허무함만이 가슴을 파고들었다. 머리까지 뒤집어쓴 이불 속에서 분노를 참으며 눈을 감으면 '전시경제통제령 위반', '장물 취득', '전시……'라고 쓰인 편지 글귀가 검은 밧줄처럼 서로 꼬여 목을 감아오는 것 같아 숨이 막혔다. 한두 번 있는 일이 아니다. 전쟁 중의 죄는 특히 무겁게 처벌된다. 형기도 길 것이라는 건 각오해야만 한다. 하나뿐인 부모다. 면회를 와야 하지 않겠나? 그런 송배근의 편지 내용까지 용민은 화가 났다.

그때의 용민에게는 영하의 행적도, 자신의 인생도, 한없이 보잘것없게만 느껴졌다. 용민은 '징병검사'를 받게 되었고 '입대'는 시간문제였다. 사람들은 끝이 보이지 않는 굶주림에 시달리고 영양실조로 휘청거릴 정도로 쇠약해져 폭우처럼 쏟아지는 소이탄(燒夷彈) 아래 살아갈 자신감은 산

산조각이 나 있었다. 용민에게 있어서 군대에 내몰리는 것은 '죽음' 그 자체였다. 항간의 떠도는 말처럼 이 지긋지긋한 전쟁이 일본이 패전함으로써 마침표를 찍는다고 해도 이미 들판에 나뒹굴고 있을 자신의 백골에 무슨 구원을 가져올 수 있겠는가. 가뜩이나 의미 없는 전쟁에 나가 객사를 당하는 그 허탈함은 상상만으로도 견디기 힘들었다. 전쟁이 끝날 때까지 목숨을 유지한다는 것조차도 젊은 용민에게는 너무나 큰 소망으로 생각됐다. 용민의 목숨을 노리는 자가 적이라면 그 적은 미국이나 B29뿐만이 아니었다. 적은 더 가까이에도 있었다. 일본 군대도 용민의 목숨을 빼앗아 가려고 노리는 적이었다. 살아 숨쉬고 싶다는 용민의 갈망을 신문과 라디오가 매일같이 퍼뜨리는 본토결전(本土決戰)·일억옥쇄(一億玉碎)라는 군부의 주장이 비웃고 있었다. 거기에 더하여 또다시 영하의 이 소식은 뭐란 말인가. 그것은 나의 마음을 굴욕의 도가니 속으로 밀어 넣는다. 그것은 평생 나를 따라다닐 것이다. 그런 식으로 영하도 평생 나를 괴롭힐 것이다. 내 마음에 남겨진 약간의 인간다운 자긍심조차도 끝없이 빨아들여 버리는 무시무시한 펌프처럼 지금도 이렇게 영하는 나를 불러들이고 있다. 그리고 내 마음을 텅텅 빈 구멍이 될 때까지 전부 집어삼키려 한다. 용민은 영하가 역겨웠다.

정원을 초과한 듯 승객을 가득 실은 어두운 등화관제(燈火管制)의 야간열차에 올라 교토로 향하는 중에 용민은 온몸에 가득 찬 새까만 덩어리를 토해내듯 영하를 향해 퍼붓는 자신을 상상하고 있었다. 하지만 S경찰서의 형사과에서 만난 영하에게 용민이 할 수 있었던 것은 갈 곳을 잃은 분노의 감정을 억누르며 묵묵히 고개를 숙이고 있는 것에 불과했다. 차 안에서의 쌓이고 쌓인 불만으로 답답한 심정을 털어놓기엔 너무나 무력한 영하를 보았기 때문이다.

건장한 체격의 형사가 책상 너머로 팔을 뻗어 영하의 어깨를 툭 치더니 용민 쪽으로 턱을 내밀며 무슨 은혜라도 베풀듯이 말했다.

"어이, 아들도 있었네, 이제 정신 바싹 차리고 살라고."

"네, 고맙습니다!"

영하는 억지웃음을 띠며 형사에게 아첨하듯 꾸벅 머리를 조아렸다. 용민은 더 이상 그런 영하를 차마 똑바로 쳐다보지 못하고 황급히 시선을 돌렸다. 정면 벽에 '귀수불심(鬼手佛心)'이라고 쓴 붓글씨의 액자가 눈에 스쳤다. 그러자 용민

의 마음에 별안간 격렬한 통증이 느껴졌다. 뭐라고 지껄이는 거야, '귀수불심' 따위가 뭐야, 잡귀 주제에. 방금 영하의 어깨를 두드린 형사의 뼈가 굵은 손은 비록 인간의 형상을 하고 있지만 그 피부 속에 감춰진 끈적끈적한 것은 불심이 아니라 '도깨비의 마음(鬼の心)'이 분명하다. 그리고 영하와 마주 앉은 자신의 마음도 부처가 아닌 도깨비의 마음임은 의심할 여지도 없는 사실처럼 느껴졌다. 용민은 자신을 도깨비로 몰아 영하까지 도깨비로 만들고 싶었다. 용민은 귀신의 마음을 영하에게도 떠밀었다. 형사에게도 떠밀었다. 형사도 도깨비라면 영하도 도깨비였다. 형사가 요컨대 무서운 빨간 도깨비라면 영하는 수갑을 찬 도살장에 갇힌 창백하고 깡마른 도깨비일지도 모른다. 그리고 용민 또한 깡마른 도깨비의 자식으로서 빚진 기분에서 벗어나지 못할 것이다. 용민의 몸속에서 펄펄 끓으며 가슴에 두른 벽을 허물고 분출하려는 뜨겁고 흉포한 덩어리가 꿈틀거리며 몸부림쳤다. 용민은 입술을 꼭 다물고, 눈을 감고, 주먹을 꽉 움켜쥐고 터지기 직전인 덩어리를 몸속 깊숙한 곳으로 밀어 넣었다. 용민은 자신이 살아서 다시 영하를 만나게 되리라고는 생각지도 못했고 바라지도 않았다. 그저 용민은 어쩌면 조

만간 군대에 입대하게 될 것 같다고만 영하에게 알렸다. 용민은 편지라도 전하고 싶다는 영하의 바람을 어느 지방, 어느 부대에 들어갈지도 모른다는 핑계를 대며 거절했다. 영하는 그래도 편지 정도는 해도 좋지 않냐고 애원했다. 하지만 용민은 그저 같은 말을 반복하며 싸늘하게 거절하고 형사과를 빠져나왔다. 영하는 자신의 삶에 주어진 책임을 혼자 힘으로 감내하면 되는 것이다. 그것은 나의 운명에 맞서는 나 자신의 결의라고 생각하면서.

용민은 대충 짐작한 곳에서 내렸다. 이전에 보았던 철로를 따라 늘어선 집들은 온데간데없이 사라지고 없었다. 분명히 이 일대는 처마가 깊고 항상 주위에 두루 마음을 쓰는 것을 게을리하지 않는 분위기의 고풍스러운 상가가 줄지어 있었던 곳이다. 용민은 S경찰서를 찾아가 그 후의 영하의 소식을 수소문해 볼 요량이었으나 정류장에서 옆으로 돌아 백 미터 남짓한 곳에 있어야 할 S경찰서 건물도 깨끗이 사라졌고 주변의 그늘진 빈터가 을씨년스러운 모습만 드러냈다. 황당한 용민은 언짢으면서도 유감스러운 심정이었지만 바람이 다소 잦아들고 조각난 구름 사이로 마지못해 새어 나온 엷은 햇살이 비치기 시작한 전찻길을 사거리

쪽으로 한참이나 갔다. 마침 길가에 판잣집으로 된 찻집이 하나 보였다. 용민은 그 가게에 들어가 커피를 주문했다. 설탕 대신 사카린을 넣은 커피는 단팥죽 같은 맛만 날 뿐 커피라고 할 만한 것은 아니었지만 그래도 꽁꽁 언 몸을 얼마간 달래주었다. 용민은 갑자기 만사가 귀찮아져 이대로 오사카로 되돌아갈까도 생각했지만 혹시 하는 마음에 계산하면서 가게 주인에게 물어보기로 했다. 그러자 주인은 선뜻 가게 앞 전철 길까지 나와 이전한 S경찰서 위치를 자세히 알려주었다.

S경찰서가 있는 거리는 사람들의 왕래도 잦았고 상가가 즐비한 걸 보니 번화가인 듯했다. 용민은 앞쪽 왼편으로 S경찰서로 보이는 철근으로 지어진 각진 건물을 발견하는 순간 갑자기 사지가 경직되는 듯한 긴장감에 휩싸였다. 하지만 애써 평정을 가장하면서 S경찰서의 현관 돌계단 앞에 섰다. 마침 그때, 용민의 옆으로 마흔 살 전후의 여자가 손수레를 끌고 지나가고 있었다. 수레는 다다미의 3분의 2 크기인 직사각형 상자에 네 개의 작은 바퀴를 단 나무판자의 엉성한 모양으로 그것이 폐지 줍기용 손수레임을 용민도 쉽게 짐작할 수 있었다. 여자는 누런색의 지저분한 남성용 작

업복을 걸치고, 검은 치마를 허리춤에 헝겊 끈으로 동여 묶고 머리에는 때 묻은 수건을 쓰고 있었다. 그녀가 동포 여자라는 사실에 신경이 쓰인 용민은 여자가 눈앞을 가로질러 갈 때 손수레 너머에 검은 바탕의 구깃구깃한 상의와 반바지 차림의 까까머리 소년을 발견하고는 자신도 모르게 움찔했다. 목덜미에 거무스름한 때가 잔뜩 끼어 있고 추위 탓인지 창백하고 핏기 없는 소년의 얼굴은 울상을 짓고 있다. 소년은 분명히 이 S경찰서 앞을 잰걸음으로 지나가려고 서두르는 여자에게 뒤처지지 않으려고 오른손으로 여자의 허리끈을 꼭 잡고 종종걸음으로 용민 앞을 지나갔다. 용민의 명치 언저리가 급작스레 부풀어 왔고 뜨거운 덩어리 같은 것이 그의 목구멍을 틀어막았다. 순간 용민은 흐린 잿빛 하늘을 받아 희미하게 빛나며 느리게 흐르는 강물을 바라보았다. 강둑길을 용민은 종종걸음으로 걷고 있었다. 채소를 가득 담은 손수레를 끌며 명순이 잰걸음으로 용민 앞을 걷고 있었다. 명순의 뒤를 쫓아가는 것만으로도 용민은 숨이 가빠진다. 아침부터 계속 걸었더니 다리에 지지대를 댄 것처럼 당겼다. '저디 보라, 느네 아방 저디 잇저.' 하고 명순이 가리킨 강 건너편에 붉은 벽돌로 쌓은 높고 긴 벽이 이어져 있고 그 벽 안으로 네모난 굴뚝같은 감시탑이 보인다. 용민은 휘청휘청 걸음을 멈추고 붉은 벽돌 담장을 바라본다. 강수면에서 찬 바람이 불어와 용민의 얼굴에 닿는다. 바람이 스며들어 눈에 눈물이 어린다. 붉은 벽돌의 담장도 높은 감시탑도 용민의 눈 속에서 흔들흔들 움직이기 시작하더니 눈물과 함께 주르르 흘러 떨어진다. '아버지'라는 말도 용민의 마음에서 주르르 흘러 떨어진다. '자, 제기 가게. 서둘렁 돌아가지 안혀민⋯⋯'하고 명순은 용민을 재촉한다. 명순은 저고리 소매로 용민의 눈을 닦는다. 용민은 명순의 손수레 뒤를 종종걸음으로 뒤쫓는다⋯⋯.

용민은 정신을 차리고 S경찰서의 각진 건물 정면을 올려다보았다. 그 철근 현관 위 까칠까칠한 벽 정면에는 마구잡이로 들쭉날쭉한 금색 별사탕 같은 경찰의 휘장이 엷은 햇빛에 반짝반짝 빛나고 있었다. 그것은 중심부의 돌기 부분을 더욱 내밀고, 가슴을 펴고 가까이 가려는 모든 인간에게 의혹의 눈길을 쏟으며 돌기 주위의 들쑥날쑥한 날카로운 끝으로 찌르려고 준비 태세를 갖추고 있었다. '별사탕 같은 주제가'라고 용민은 무심코 중얼거리며 이를 깨물었다.

용민은 S경찰서 2층으로 가 명함을 건네고 사법 주임에게 면회를 청했다. 신경질적으로 보이는 마른 체구의 사법 주임은 손끝으로 집어 든 용민의 명함과 용민의 얼굴을 번갈아 쳐다보며 체구에 어울리지 않는 무거운 목소리로 말했다.

"아, 범인과는 어떤 관계지?"

사법 주임이 들고 있는 용민의 명함에는 그의 근무처 가와사키(川崎)시의 미하라(三原) 전기회사 직함이 새겨져 있다. 용민은 순간적으로 '친구'의 아버지라고 대답했다. 형사들이 직업상 탐색하는 눈빛으로 쳐다보는 그런 대상이 되는 굴욕만은 피해야겠다고 오직 그것만 생각하던 용민은 영하와 직접적인 부자 관계로 인해 생기는 모든 부담감을 거부하고 싶었다. 그러자 용민은 전혀 예기치 않았던 뜨거움이 얼굴 위로 치솟는 것을 느꼈다. 상관없다고 용민은 자신을 타일렀다. 모든 것은 다 지난 일이다. 새삼스럽게 사실대로 이름을 댈 필요는 없다…….

사법 주임의 지시를 받아 두툼한 사건기록부를 들고 온 동그란 얼굴의 젊은 형사가 용민에게 다가왔다. 형사는 물었다.

"해당 연도는 몇 년이지?"

그때, 갑자기 엄습한 감정의 혼란에 당황한 용민은 194x
년이라고 대답했지만 그것은 분명 용민의 착각이었다. 하지
만 용민은 그 사실을 깨닫지 못할 정도로 당황했다.

"194×년? 그러면…… 쇼와(昭和) 십몇 년이네."

둥근 얼굴의 형사는 서기 연도를 일본식으로 다시 환산하
더니 쇼와 십몇 연도라고 쓰인 두꺼운 기록부를 뒤지기 시
작했다. 하지만 그는 곧바로 귀찮아진 듯이 기록부를 책상
위에 내던져 버렸다.

"없어. 범인 이름이 틀린 거 아냐?"

그는 언짢은 듯 한 번 흘낏 보며 용민에게 물었다. 형사의
차가운 눈길 이상으로 '범인'이라고 하는 한마디가 용민의
가슴을 푹 찔렀다. 용민은 마음속으로 어떤 꺼림칙함과 양
심의 가책을 참으면서 뭔가에 이끌린 듯 눈앞 책상 위에 놓
여 있는 기록부로 손을 뻗었다. 형사는 그 손을 뿌리치더니
말투가 거칠어졌다.

"안돼, 안돼. 함부로 보면 곤란해."

용민이 반사적으로 몸을 돌려 옆 책상 쪽으로 난감한 눈
길을 돌리자 담배를 피우며 쉬고 있던 그 책상 주인이 미소
를 지으며 싹싹하게 젊은 동료의 책상에 내던져진 기록부를

집어 들었다. 검은 뿔테 안경을 쓴 형사였다.

"이영하라는 게 범인의 본명이야?"

안경 쓴 형사도 '범인'이라는 말에 억양을 붙여 강조한다.

"이가와(李川), 이하라(李原), 이모토(李本), 이야마(李山), 이무라(李村)⋯⋯."

안경 쓴 형사는 중얼거리면서 기록부의 '이'의 항목을 꼼꼼하게 살피기 시작했다. 그 순간 용민은 심한 충격에 휩싸였다. 이게 무슨 일인가. 그 두툼한 기록부에 쓰인 이름은 모두 조선인이었다. 그뿐만 아니라 '이'라는 단 한 자의 명확한 명사가 이렇게 왜곡되어 이렇게나 많이 이 사건기록부에 갇혀 지난날의 치욕스러운 모습을 드러내고 있다니. 그것은 용서할 수 없는 일이었다. 일본의 패전을 계기로 조선은 해방되었고 조선인은 과거의 모든 추악한 핍박으로부터 벗어나 새로운 세계로 나갔다. 어째서 '이'가 '이하라', '이모토', '이야마'로 왜곡된 모습 그대로 이 기록부 속에서 굴욕으로 신음하고 있단 말인가. 용민은 마치 안경을 쓴 형사가 찾아보고 있는 사건기록부에서 뿜어져 나오는 원망의 불길이 자기 얼굴을 짓누르는 듯한 굴욕감에 사로잡혀 얼굴이 순식간에 화끈거렸다. 불현듯 용민은 지금 자신의 행위가 수치스럽게 여겨졌다. 용민의 부끄러움이 단순히 자신의 행위인지 아니면 자기 자신인지 순간적으로 분간할 수 없었지만 이제는 한시도 그 자리에 있을 수 없는 초조 감에 휩싸였다. 용민은 말없이 갑자기 뒷걸음질 치며 형사들의 책상에서 멀어졌다. 문 입구에서 뒤돌아보니 기록부를 들고 있던 안경 쓴 형사가 어안이 벙벙해 용민을 바라보고 있었다.

S경찰서의 현관을 뛰쳐나갔을 때, 용민은 오사카를 떠날 때의 냉혹한 느낌과 달리 어디까지나 자신의 힘으로 영하의 소식을 확인하고 싶은 충동에 사로잡혀 있는 자신을 발견했다. 지금 자신이 찾으려고 하는 것이 영하라는 사실은 두말할 필요도 없거니와 영하를 찾으려는 자신의 행위가 이미 영하를 찾아내는 행위인 동시에 나아가 그것을 초월한 의미를 지니는 행위이기도 하다는 것을 용민은 깨달았다. 그런 이상 그것은 어디까지나 자기 자신의 행위로써 받아들여야만 한다. 결코 '경찰' 따위의 힘을 빌려서는 안 되었다.

용민은 S경찰서를 나와서 곧장 히가시쿠조에 있는 지인의 집을 찾아갔다. 송배근은 이미 해방 직후 고향으로 떠났다고 인편에 들었지만 주변에는 당시의 영하를 알고 있는 사람도 적지 않을 것이었다. 그러나 용민이 찾아간 옛 지인들은 오히려 영하의 근황을 이것저것 되물을 뿐이었다. 그 질문을 받는 용민의 얼굴에 지금까지 영하에 대한 이야깃거리를 꺼내었을 때 어김없이 보였던 애매모호한 엷은 웃음은 전혀 찾아볼 수 없었다. 오히려 용민은 영하가 교토의 어딘가에서 잘 지내고 있다는 소문을 듣고 이렇게 찾아다니고 있다고 대답했다. 용민은 내리치는 매서운 찬바람에 외투 자락을 끌어 잡으며 히가시야마(東山)에서 오하시 사거리 쪽으로 걸어갔다. 흙먼지 회오리바람이 휘몰아치는 전찻길 옆 인도에는 옛날과 같은 포장마차도 없고 행인조차 드물었다. 용민은 히가시쿠조 쪽은 단념하고 오하시를 지나 시치조(七條)로 나왔다. 예사롭지 않던 호준의 병세도 자꾸 신경이 쓰였지만 일단 오사카로 돌아가면 다시 교토로 발길을 돌릴 기회는 멀어질지도 몰랐다. 무엇보다 영하의 소식을 먼저 확인해야 했다.

용민은 도후쿠지(東福寺)에서 게이한선(京阪線) 전철을 타고 시치조로 나와 가모(賀茂)강이 내려다보는 곳에 위치한 찻집에 들어갔다. 강기슭 쪽으로 난 큰 유리창 밑으로 겨울

날 쌀쌀하게 가모 강이 수면 위로 바람을 맞으며 한가로이 흐르고 있다. 이따금 강 건너에 달리는 게이한 전차의 경적이 멀리서부터 전해져 오더니 소리를 높이며 다가와 청각을 찢는 듯한 굉음을 남기고 다시 멀어져갔고 가슴을 옥죄는 듯한 여운을 남기며 희미하게 사라졌다.

용민은 눈을 감고 질주하는 전차 바퀴와 레일의 강렬한 접촉의 순간을 상상하고 있었다. 두 개의 강철 레일 위에 새겨진 한 점 한 점에 수십 개의 바퀴가 제각기 가진 원주 위의 한 점 한 점이 맞물릴 때, 저 차가운 강철 덩어리에도 태워버릴 듯한 강렬한 열기가 생기는 것이다. 용민의 마음에 솟구치는 듯한 선망을 부채질하는 것이 바로 거기에 있었다. 용민의 마음은 난데없이 먼 향수처럼 막연한 아픔으로 얼룩지며 마침내 그 아픔의 중심에 있는 것이 잃어버린 영하의 사랑을 기대하는 마음이라는 걸 알게 되었다.

용민은 곧장 야마시나(山科)에 가보기로 마음먹었다.

4

기차가 히가시야마 터널을 빠져나와 산간에 위치한 야마

시나 역에 가까워지자 용민의 몸이 저절로 굳어져 갔다. 용민은 야마시나 마을의 반대편에 있는 적송과 잡목이 드문드문 심어져 있는 산에 시선을 던진 채 훑어보면서 자신의 마음이 양지의 민달팽이처럼 작게 쪼그라드는 모습이 선명하게 보이는 것 같았다. 용민은 산과 산 사이에 낀 좁고, 낮은 집들이 늘어선 마을의 어느 한 모퉁이에서 예전에도 그러했듯이 지금도 자신을 지그시 바라보며 한 가닥 희망이라도 갈구하는 듯한 영하의 그 눈을 의식하고 있었다. 그래, 구질구질한 감상은 그만두라고 용민은 자신을 타일렀다. 그러나 아무리 뿌리치려고 해도 영하의 그 눈은 거리 어딘가에서 용민을 향하고 있다. 용민은 산비탈에서 강풍에 흔들리는 한 그루의 앙상한 나무에 시선을 멈추었다. 강풍에 나뭇가지가 휘고 비틀어진 가느다란 나무는 몸을 휜 채 힘겹게 바람에 맞서고 있었다.

　용민은 전쟁이 끝난 뒤에도 결핵으로 몸져누운 호준을 문병하기 위해 오사카를 자주 찾았던 시절을 떠올렸다. 그때 용민은 S경찰서에서 헤어진 영하가 만약 형무소에 갇혀 자유롭지 못한 삶을 살고 있다면, 그것은 어쩌면 이 야마시나의 교도소가 아닐까 하는 막연한 예감이 들었다. 그때마다 용민은 열차가 야마시나를 통과한다는 단순한 그 행위에 고통을 느꼈다. 그것은 용민이 더 이상 가망이 없다고 단념해버린 영하를 향한 알 수 없는 양심의 가책이 뒤따르는 고통이었다. 때때로 용민은 도쿄에서 출발해 야마시나를 지날 즈음에는 잠이 들도록 출발시간을 조절까지 해가며 열차를 탄 적도 있었다. 하지만 열차가 심야에 야마시나를 통과한다고 해도 열차에 탄 용민이 반드시 잠들어 있던 것은 아니다. 오히려 승객들이 거의 잠들어 주위를 의식할 필요 없는 밤늦은 열차 안에서 무엇인가가 용민의 감각을 더욱 날카롭게 했다. 용민의 청각은 어느덧 역무원이 안내하는 '야, 마, 시, 나─'라고 하나하나 잘려진 단조로운 소리에 집중해 간다. 용민은 아무 생각도 하지 않겠다는 듯 눈을 감아버린다. 끌어내린 눈꺼풀의 안쪽에서 끝이 없을 것만 같은 아득한 어둠의 중심에 전등이 켜지듯 두둥실 영하의 얼굴이 떠오른다. 영하는 자꾸 뭐라고 하소연하며 애원하는 듯한 눈빛을 계속 보낸다. S경찰서의 형사과에서 용민이 차갑게 거절했을 때 본 낯익은 눈빛이다. 편지를 보내도 괜찮겠지? 용민은 머리를 세차게 흔들며 감고 있던 눈을 뜬다. 나는 절대 비겁하지 않다. 영하는 어디까지나 자기 삶에 주어진 책임을 자

신의 힘으로 다하면 되는 것이다. 설령 고리키(ゴーリキー)가 쓴 작품 속 어떤 주인공의 대사처럼 '일해서 먹는 것보다 훔쳐 먹는 것이 편한 것은 우리의 책임이 아니다'라고 해도 말이다.

그러나 용민이 시선을 옮긴 열차의 유리창 밖 어둠 속에는 여전히 무언가를 호소하는 겁먹은 듯한 가냘픈 두 눈이 빛나고 있다. 그것은 유리창 너머에서 사라지지 않고 계속 흐르는 어둠 속에 달라붙은 두 개의 작은 생물체처럼 용민의 눈 깊숙이 파고드는 빛을 연거푸 보낸다. 그 눈이 호소하는 의미는 이미 용민에게는 너무나 익숙했다. 그 눈은 말하고 있다. 너는 거창한 말을 늘어놓지만 너는 나를 미워하고 버린 것에 그럴듯한 이유를 대지 못하면 네 마음이 편안해지지 않을 것이라고.

갑자기 용민의 사지가 마비되는 듯한 전율이 흐르고 몸에 힘이 빠졌다. 용민은 창밖에서 자신을 응시하는 맥없는 두 개의 눈이 유리에 비친 자기 자신의 것임을 깨닫는다. 그러자 용민은 자기 외모가 어느덧 영하의 모습과 닮아 가는 것에 저주마저 느끼고 기질마저 영하를 닮아갈지 모른다는 불안에 사로잡히며 줄곧 두려워하던 자신의 모습이 선명하게 마음속에서 되살아났다. 용민은 알고 있었다. 용민이 영하를 미워하는 의식의 밑바닥에 존재하는 것이 가장 두렵고 늘 멀리하려 애써온 가혹하고 이기적인 영하의 그것과 같은 암울한 감정이라는 것을⋯⋯.

'야, 마, 시, 나-'라는 역무원의 느린 안내방송 소리가 들렸다. 용민이 정신을 차려보니 기차는 벌써 야마시나 역 플랫폼에 들어서고 있었다. 기차에서 내린 용민은 잠시 플랫폼에 서서 히가시야마 근처로 보이는 산 쪽을 바라보고 있었다. 히가시야마의 완만한 능선을 따라 늘어선 산 위에는 쌓인 눈을 가리는 회색의 두꺼운 구름층이 걸려있고 그 구름층은 바람결을 따라 천천히 움직이고 있었다. 용민은 승강장 계단을 내려가 어두운 터널 같은 통로를 빠져나와 개찰구로 가 역무원에게 길을 물었다. 용민은 그때 일단 목구멍에서 밀어 올리려던 말을 다시 삼키고 눈을 내리깔았지만 단호하게 그 망설임을 뿌리치고 역무원에게 시설 이름을 말했다. 그러자 역무원도 태연하게 말했다.

"아, 교도소요. 역 앞에서 버스를 타면 정문 앞까지 갑니다."

용민은 순간 조금 전 S경찰서에서 경험한 것과 같은 수치심에 사로잡혀 있던 자신이 부끄러웠다.

용민은 역무원에게 정중히 인사를 하고 개찰구를 빠져나 갔다.

교도소에서 접수처 앞에 섰을 때도 용민은 애써 태연하게 행동했다. 유리창 너머에서 용건을 알아들은 검은 옷차림의 나이 지긋한 사환은 2층에 있는 담당관 사무실까지 용민을 안내했다.

넓은 유리창을 등지고 앉아 책상에서 무언가를 열심히 쓰고 있던 마흔 살 안팎으로 보이는 담당관은 용민에게 용건을 묻고 명함을 받은 후 의자를 권하고는 방을 나갔다. 채 5분도 지나지 않아 담당관은 두꺼운 기록부를 손에 들고 돌아왔다. 그리고 집무실 책상 위에 펼쳐놓고 허리를 숙인 엉거주춤한 자세로 찾기 시작했다. 석탄 난로의 열기로 실내는 후덥지근했고 서류를 뒤적이는 담당관의 손을 주시하는 용민의 이마에서는 땀이 흥건히 배어 나왔다. 용민은 손수건을 꺼내 몇 번이나 이마와 목덜미의 땀을 닦았다. 겨드랑이 아래에서도 미지근한 땀이 줄줄 흘러 옆구리 언저리로 전해져 가는 것을 느꼈다. 이쯤 되면 결론은 이미 나온 것이나 다름없다. 아직 이 시설 안에 있거나 아니면 출소해서 어딘가 사람 눈이 닿지 않는 곳에 자리를 잡았거나 둘 중

하나이다. 물론 아직 이곳에 수용돼 있을 가능성이 훨씬 크다고 해도…… 서류를 뒤적거리던 담당관의 손끝이 멈췄다. 그 기척에 용민은 가슴이 철렁 내려앉았다. 담당관은 용민을 돌아보며 부드러운 미소를 지으며 말했다.

"본인과는 어떤 관계입니까?"

순간 용민은 말이 나오지 않았다. 만약 영하가 이곳에 아직 수용되어 있다면 가족 이외의 사람은 면회가 허용되지 않는 규칙이 있다는 것을 생각해 냈기 때문이다. 영하를 꼭 만나야 한다. 그러나 용민은 여기서도 경솔하게 그 S경찰서에서 사법 주임에게 말한 것처럼 '친구'의 아버지라고 이미 담당관에게 말해 버렸던 것이 후회되었다. 용민은 횡설수설했다.

"그러니까 방금 말했듯이, 그 사람 아들이 제 친구인데……"

"친구……요, 그러면 이 명함은 당신이 아니라 당신 친구란 말이죠?"

용민은 얼굴이 화끈거려 간신히 그렇다고 대답했다. 담당관의 말투로 미루어보아 기록부에 용민의 이름이 틀림없이 기재되어 있는 것이다. 용민은 황급히 담당관에게서 눈을 돌렸다. 담당관은 말했다.

"유감스럽게도 이 사람은 사망했습니다. 병명은 폐결핵으로 인한 전신 쇠약으로 적혀 있네요. 사망 날짜는……."

담당관은 여전히 부드러운 미소를 잃지 않고 이러한 상황이 매우 익숙해져 있는 듯 담담한 태도로 말했다.

용민은 갑자기 뒤통수를 쇠망치로 한 대 얻어맞은 것 같은 충격으로 숨이 막혔다. 대체 이게 무슨 일이란 말인가. 어째서 나는 지금까지 영하의 '죽음'에 대해서 한 번도 생각하지 않았을까? 아니, 나는 사람들이 아버지의 소식을 물으면 말로는 아버지를 말살하기까지 해 왔지만 비록 그렇다고 해도 지금 이렇게 이런 모습으로 아버지의 '죽음'을 마주하리라고 생각해 본 적이 있었던가! 용민은 가슴속에서 검은 덩어리 같은 것이 꿈틀거리기 시작하고 그것이 뜨거운 열기를 뿜으며 태워버릴 듯이 점점 커지더니 갑자기 소리를 내며 터지는 것을 느꼈다. 용민은 담당관에게 마음속 동요를 들키지 않으려고 담배 한 개비를 꺼내 물었다. 그러나 용민은 불을 붙이는 것도 잊고 다시 그것을 손가락 끝으로 잡은 채 담당관에게 말했다.

"그러면 유골은 이곳에 보관되어 있습니까?"

"아니요. 그건 다른 곳에서 보관하고 있습니다."

담당관은 책상에 앉아 서류함에서 메모지를 꺼내 익숙한 손놀림으로 지도 한 장을 쓱쓱 그려냈다. 그리고는 편지지 크기의 다른 서류를 꺼내 기재란에 필요 사항을 적어 넣은 뒤 부드러운 미소를 지으며 용민에게 내밀었다. 용민은 그 것을 받아서 들고 서류를 훑어보았다. '이 서류를 지참한 사람에게 상기 해당인의 유골을 인계하여 주십시오.'라는 문구가 적혀 있었다. 용민은 손가락 사이에 아직 불을 붙이지 않은 담배가 있었다는 걸 깨닫고는 재떨이에 던져넣고 서류와 지도를 접어 주머니에 욱여넣고 담당관에게 가볍게 고개를 숙이고 방을 나왔다. 등 뒤에 닫힌 문 안에서는 일부러 콜록콜록하는 담당관의 기침 소리가 울려 퍼졌다. 용민은 담당관의 얼굴이 눈에 선했다.

"이걸 가지고 보관실로 가세요. 가는 길은 이 사무실 옆에 난 길을 똑바로 가면, 막다른 곳 오른쪽에 목조건물이 보이니까……."

교도소 담당관이 가르쳐준 대로 찾아간 경찰병원 담당자는 지극히 사무적인 설명을 마치자 엽서만한 한 장의 쪽지를 용민에게 내밀었다. 용민은 담당자의 어딘가 부자연스러운 차가움이 담겨 있는 얼굴을 외면한 채 잠자코 쪽지를 받았다. 담당자는 쪽지를 받을 때 용민의 손끝이 가늘게 떨리는 것을 눈을 내리깔고 물끄러미 바라보았지만 그쪽에서도 일부러 용민을 쳐다보려 하지 않는 눈치였다.

용민은 담당자가 알려준 길을 따라 경찰병원 내에서도 가장 후미진 곳까지 가서 바람에 흔들려 바스락대는 짙은 녹음이 우거진 협죽도의 옆을 지나 유골 보관실의 낡은 목조 건물로 들어갔다. 인기척이 없는 텅 빈 통로를 따라 안쪽으로 걸어가자 오른편에 작은 유리창이 보였다. 용민이 말을 건네자 방 안쪽에서 하얀 위생복을 입은 젊은 직원이 창구로 얼굴을 내밀었다. 용민이 용건을 말하고 사무실에서 받아온 종이쪽지를 건네자 젊은 담당자는 잠자코 그것을 손가락으로 집어 들고 발을 돌려 안쪽으로 사라졌다. 복도는 어디선가 외풍이 들어오는지 뼛속까지 추위가 스며드는 듯했다. 인기척이 없는 으슥한 벽으로 둘러싸인 어둑어둑한 복도에 오도카니 서 있으니 오싹한 한기가 몸에 퍼진다. 야마시나에서 교토로 되돌아와 교도소 담당관이 준 지도를 따라 교토 북부에 있는 이 경찰병원에 도착할 때까지 용민은 갑자기 뼛속까지 밀려오는 추위에 떨며 영하를 아니, 아버지를 생각했다. 비록 길은 다를지라도 예전에 아버지 역시 오늘 내가 왔던 것과 비슷한 길을 따라 야마시나에서 이곳으로 왔을 것이다. 그리고 나는 아버지가 걸어온 길을 가까이도 멀지도 않은 적정한 거리를 유지하며 지금 이렇게 여기까지 온 것이다. 아버지는 마침내 그 무언가를 호소하는 듯한 눈빛으로 나를 여기까지 불러들였다. 그러자 용민은 또다시 간절히 애원하는 듯한 아버지의 시선이 건물 어느 한 구석에서 눈 하나 깜박이지 않고 자신을 바라보고 있는 것을 느꼈다. 용민은 머리를 흔들며 그 환영을 뿌리쳤다. 하지만 그것은 용민의 착각도 무엇도 아니었다. 용민이 돌아본 접수창구에는 방금 전 젊은 담당자의 창백하게 부어오른 얼굴이 시야에 들어왔고 하얀 두 눈동자가 조용히 용민에게 쏠려 있었다. 용민은 움찔하여 창구에서 한 걸음 물러났다. 젊은 담당자는 아무런 말없이 손에 쥐고 있던 찻잔만 한 엉성한 나무상자를 창구 밖으로 내밀었다. 용민은 반사적으로 뻗었던 손을 당겼다. 누런색의 녹슨 차통을 연상시키는 그 무늬목의 원통형 작은 상자에서 전해지는 한없이 차가운 감촉은 무엇인가! 그것이 유골함이라는 것은 언뜻 보아도 알 수 있었다. 용민은 가늘게 떨리는 손끝으로 유골함을 움켜쥐었다. 거의 손에 와닿는 느낌도 없을 정도로 가벼웠다. 용민은 엉겁결에 유골함을 귓가에 대고 두어 번 가볍게 흔들어 보았다. 작고 가벼운 소리가 났다. 용민은 표식을 확인하려고 손에 든 작은 상자를 뒤적이며 자세히 살펴보았다. 하지만 이름도 눈에 띄지 않고 사망 날짜조차 적혀 있지 않았다. 용민은 서둘러 상자 뚜껑을 열었다. 상자 바닥에 노란색을 띠는 희끗희끗한 두개골인 듯한 것이 볼록렌즈처럼 미세하게 부푼 뼛조각이 달라붙어 있었다. 마치 작고 얇은 도자기 조각처럼.

용민은 손이 떨렸다. 이게 영하인가. 아니, 이게 내 아버지인가? 그럴 리가 없었다. 용민은 콜록거리며 젊은 담당자에게 물으려 했으나 마땅한 말이 나오지 않았다. 용민은 말했다.

"이게 전부인가요? 이게?"

"그것뿐입니다."

젊은 담당자는 표정도 바꾸지 않고 쌀쌀맞게 대꾸하고는 창구에서 얼굴을 빼더니 흰 위생복 차림의 등을 돌리고는 빠르게 안쪽으로 사라졌다. 용민의 가슴속에서 뜨거운 덩어

리 같은 것이 꿈틀꿈틀 솟아올랐다. 그것은 검은 연기를 푸
푸 내뿜으며 나부끼듯 용민의 목구멍 속으로 날아올라 뭔가
를 부르짖으려 했지만 용민은 그것을 몸속에 집어삼키고는
꽁꽁 가두었다. 용민은 유골함을 기울여 작은 달걀껍데기
조각 같은 뼛조각을 손바닥에 올려 보았다. 그것은 형태는
있어도 용민의 손바닥 위에서 거의 무게감이라고는 느끼려
야 느낄 수 없는 것이었다. 그것은 마치 아버지의 생애처럼
작고 가벼웠다.

　용민은 주머니에서 손수건을 꺼내어 접수창구 나무판 위
에 펼치고 뼛조각을 싸서 윗도리 안주머니에 넣었다. 양복
위 가슴 언저리를 눌러 봐도 뼛조각은 마치 거기에 존재하
지 않는 것처럼 형체도 전해지지 않는다. 용민은 접수창구
판 위에 나뒹굴고 있는 누렇게 녹슨 차 통을 연상시키는 텅
빈 작은 유골함을 한참 바라보고 있었다. 뼛조각을 꺼낸 그
것은 더 이상 유골함이라 하기 어려울 정도로 볼품없는 나
무토막이 되어 눈 앞에서 뒹굴고 있었다. 마치 그 작은 용기
가 아버지의 생이 작디작다고 비웃고 그 볼품없는 모양은
아버지의 삶의 의미를 완전히 부정하고 있는 것처럼 그렇게
나동그라져 있었다. 용민은 검은 분노의 불길을 온몸으로

느끼며 나무상자를 움켜쥐고는 힘껏 복도 바닥으로 내동댕이치려다 그 손을 멈추었다. 용민은 복도의 높은 천장을 올려다보았다. 살을 찌르는 듯한 외풍이 불어대는 가늘고 긴 천장에는 자신이 들고 있는 나무상자만큼이나 냉혹하게 자신을 거부하고 마음을 얼려버릴 것 같은 어두운 적개심이 담겨 있었다. 용민은 이 나무상자도 그에 어울리는 묻혀 썩어 없어질 자리를 자기 손으로 만들어 주어야만 한다고 생각했다. 용민은 손바닥에 힘을 주어 나무상자를 꽉 쥐어 으스러뜨렸다. 날카로운 아픔이 용민의 손가락에 전해왔다. 손바닥을 펴보니 으스러진 나무상자의 뾰족한 조각이 엄지손가락의 부드러운 살갗에 박혀 있었다. 용민은 아랑곳하지 않고 손바닥에 힘을 줘 힘껏 나무상자를 찌부러뜨려 완전히 부서진 나뭇조각을 외투 주머니에 욱여넣고는 창구를 빠져나왔다.

보관실에서 한 발짝 나서자 차가운 칼바람이 몰아쳐 용민의 뺨을 때렸다. 용민이 고개를 들자 자갈 같은 차가운 것이 얼굴을 더 때렸다. 눅눅한 잿빛 하늘에서 진눈깨비가 쏟아지고 있었다. 진눈깨비는 강풍에 휘날리며 지상을 향해 몰아쳤고 휘몰아치는 강풍이 흰 눈을 가둔 하늘 전체를 뒤흔

드는 듯했다. 하늘에서 끊이지 않고 돌멩이가 쏟아지듯 진눈깨비가 용민을 때리고 에워싸며 그를 이 땅 위에 가두는 것만 같았다. 진눈깨비는 용민의 가슴속에 뜨겁게 응어리져 있는 검은 덩어리를 향해 세차게 몰려들어 그의 뜨거운 마음을 겹겹이 어둠으로 감싸버리는 듯했다. 용민은 한동안 하늘에서 눈을 떼지 못했다. 눈을 머금고 움직이는 하늘 전체가 그를 뒤덮고 쏟아지는 진눈깨비를 응시하다 보면 무수한 얼음조각 같은 것이 순간 허공에서 움직임을 멈춘다. 용민은 자기 몸이 잿빛 부드러운 얼음벽 같은 하늘 속으로 별안간 거꾸로 곤두박질쳐 추락해가는 현기증을 느꼈다. 용민은 머리를 흔들며 정신을 가다듬고 젖은 얼굴을 손바닥으로 닦으며 경찰병원 출구 쪽으로 걸어갔다.

용민은 그 길로 곧장 산조(三條)로 나와 덴만(天滿) 행 게이한 전철을 탔다. 첫차는 텅 비어 있었다. 전철이 요도(淀) 경마장 부근을 지날 즈음 이미 어둑어둑 해 질 녘에 가까웠고 진눈깨비는 눈으로 바뀌었다. 용민은 유리창에 서린 김을 닦아내고 왼쪽의 강줄기로 눈을 돌렸다. 넓은 강 강물 위에 습기를 머금은 회색 하늘에서 뿜어져 나오는 칙칙한 회색 얼룩 같은 커다란 눈송이가 무수히 내려앉아 강물 위가 뿌옇게 흐려진다. 강가 옆 물기를 머금은 강바닥 모래더미에 검게 우그러진 갈대 무리가 쉼 없이 내리는 눈발을 맞으며 휘어진 몸으로 바람에 맞서고 있다. 저 멀리 가쓰라(桂)강과 우지(宇治)강과 기즈(木津)강이 합류해 요도강으로 흘러들러 가기 시작하는 지점 근처도 멀리 희미하게 보인다. 전철이 요도강 앞 작은 철교에 들어선 듯 요란한 바퀴의 마찰음이 울려 퍼지기 시작했다. 용민은 일어서서 유리창을 힘껏 밀어 열었다. 눈 섞인 찬바람이 확 밀려 들어왔지만 용민은 아랑곳하지 않고 밖을 내다보았다. 철교 아래에는 여기저기 강바닥 모래가 쌓여 만들어진 메마르고 가느다란 강줄기가 흐르고 있다. 용민은 외투 주머니에 손을 넣어 잘게 부스러진 유골함을 꺼내 힘껏 강바닥을 향해 던졌다. 산산조각이 난 나무 파편들은 일단 다리 밑 쇠기둥에 부딪혀 희미한 비명처럼 메마른 소리를 내고 옆으로 들이치는 눈보라에 휩쓸리며 해 질 녘의 빛깔이 스며든 어둠이 내려앉기 시작한 강바닥으로 사라져 갔다.

　용민은 창문을 닫고 자리에 앉아 오른손으로 안주머니에 넣어둔 손수건에 싼 뼛조각을 만져 보았다. 그것은 용민의 손끝에 아련한 형상의 존재를 전해 주었고 용민의 몸속 온기를 빨아들인 듯 희미한 온기를 전해 주었다. 뼛조각은 마치 용민의 속옷을 뚫고 젖꼭지 언저리에 달라붙은 것처럼 어렴풋하게 두개골의 융기를 바깥쪽으로 내밀고 용민의 볼록 나온 가슴에 달라붙어 심장 박동에 맞춰 아주 미세하게 움직이고 있었다.

어느 여인의 일생

ある女の生涯

1

겨울의 어느 깊은 밤, 눈이 내리기라도 할 듯 습기를 머금은 찬바람이 휘몰아치는 길목에서 낯선 소리를 듣고 나는 그만 멈춰 섰다. 길모퉁이에 있는 건재상의 어두컴컴한 처마 밑에 원통 모양의 부서진 환풍기 한 개가 기대어 세워져 있고 불어오는 바람에 그 끝의 날개가 실성한 듯 데굴데굴 돌아가고 있었다. 날개는 분명 열심히 움직이고 있는 것 같았다. 하지만 그 움직임은 아무 쓸모 없는 허무한 것이었다. 환풍기의 날개는 한순간도 쉬지 않고 달그락달그락 소리를 내며 계속 움직이고 있었지만 그 움직임은 심야의 거리에 시끄러운 소리를 헛되이 내보내는 것 외에는 아무런 결실도 없는 것 같았다.

그때 나는 불현듯 먼 친척뻘 되는 한 여자의 모습을 떠올렸다. 오로지 일만 하며 짧은 생을 일본에서 마감한 그녀의 생애 또한 이 날개의 움직임처럼 아무런 결실도 없는 헛수고가 아니었을까? 그런 생각이 내 뇌리를 스쳐 지나갔다. 그러나 정말로 그녀의 삶이 무의미했냐고 한다면, 나는 아니라고 대답할 수밖에 없었다. 그것은 나의 대답이라기보다 생을 부여받은 이상 살아내야만 하는 약속과도 같은 인간의 의지를 나타내는 답이었기 때문이다. 늦은 밤, 거리에 소음만을 내는 쓸모없는 날개의 움직임도 나의 풍화된 기억의 깊은 곳에서 그녀의 모습을 끄집어낼 만한 힘은 가지고 있었던 것처럼 저 무의미해 보이는 그녀의 생애 또한 내 마음속에 보이지 않는 무언가를 분명히 각인하고 있었다. 그러자 나는 어린 시절 내 삶의 어딘가에서 버팀목이 되어 준 그녀에게 강한 사랑을 느꼈다. 나는 인적이 끊긴 밤 깊은 길목에 서서 한 여자의 모습을 마음에 묻고 있었다.

김추월은 1905년 가을, 제주도 남부의 한촌에서 가난한

농부의 둘째 딸로 태어났다. 추월이 바깥세상에 눈을 뜨기 시작한 대여섯 살 무렵, 부모의 관계는 이미 차가울 대로 차가워져 있었다. 추월의 아버지는 아들을 낳지 못한 것이 가장 큰 불만이었던 아내를 추월 자매와 함께 친정으로 쫓아 보냈다. 그리고 몇 년 뒤 추월의 어머니가 재혼하게 되면서 어머니의 품도 추월 자매에게는 편안한 공간이 아니었다.

추월은 이따금 언니와 함께 아버지를 찾아갔다. 새어머니와 국수를 팔기 시작한 아버지는 그들을 반갑게 맞이했지만 새어머니는 추월 자매를 싫어했다. 추월 자매에게 국수 한 그릇씩 주면서도 장사용 국수 면은 빼고 국물만 주곤 했다. 그러자 아버지는 새어머니가 볼일을 보는 틈에 추월 자매의 그릇에 재빨리 고기를 몇 점 넣어줬다.

아버지의 가게는 꽤 장사가 잘되었지만 새어머니가 아버지 몰래 비상금을 조금씩 챙기고 있었고, 어느 날 가게에서 심부름하던 젊은 남자와 가게의 돈을 다 가지고 자취를 감추고 말았다. 아버지는 어쩔 수 없이 집을 정리하여 빚을 청산하고 추월 자매를 데리고 중산간 마을로 들어갔다. 통나무만으로 대충 뼈대를 만들어 아버지와 딸, 셋이서 꺾은

억새로 지붕을 얹고 바닥도 제대로 갖추지 못한 오두막집 생활이 시작되었다. 한라산 자락에 있는 방목장에 딸린 작은 밭에 메밀을 뿌렸다. 메밀은 풍작이었다. 작물은 많은 타고 났다며 아버지는 뿌듯해했다. 하지만 아버지는 수확한 메밀을 오두막에 쌓아 놓은 채 새어머니를 찾아다니는 데 정신이 팔려 오두막에 있는 날이 많지 않았다.

목장 근처에 자식 없는 노부부의 작은 집이 한 채 있었다. 추월 자매는 그 집에서 시간을 보내는 경우가 많았다. 저녁에 집으로 돌아와 봐도 아버지는 아직 돌아오지 않았다. 흙마루 쪽 어둠 속에서 족제비의 작은 두 눈이 빛났다. 깜짝 놀라 쾅 하고 문을 닫자 그 소리에 족제비가 후다닥 도망쳤다. 자매는 작은 짐승처럼 짚 속에 들어가 껴안은 채 잠이 들었다. 추월의 어린 시절은 그런 추억이 많았다.

추월이 태어난 1905년은 일본이 이른바 '보호조약'을 조선에 강요한 해이기도 하다. 이 조약에 따라 일본은 조선으로부터 외교권을 빼앗고 통감부를 두어 외교를 관리하고 조선 정부가 불러들여 고용한 일본인 관리까지도 감독하는 등 조선의 내정을 좌지우지하기에 이르렀다.

일본은 1910년 8월에는 '병합조약' 체결을 강요하고 '토지조사사업'에 착수했다. 방목장에 있는 추월의 아버지가 경작하는 얼마 안 되는 밭도 신고하지 않았다는 이유로 빼앗기고 말았다. 그뿐만 아니라 어제까지 지붕을 이을 억새를 꺾거나 땔감용으로 잡목 밑가지를 구하던 공유 산림도 '일본 국유'로 바뀌어 출입이 금지되었다. 결국 추월 부녀가 살아갈 길이 완전히 막혀 버렸다.

그 무렵, 제주도 대정면 주민의 연간 1인당 생활비는 24.13엔이었다고 한다. 덧붙여서 말하면 1908년 일본에서 현미 1섬당 가격이 14.9엔이었다. 추월 가족은 현미 2섬 가격도 안 되는 생활비로 살아내야 하는 상태에 내몰려 있었다. 좁쌀, 피, 보리 등이 섬 주민들의 주식이었던 이유도 알 만하다. '토지조사 사업'으로 토지를 빼앗기고 도시로 몰리는 이농민과 무직자가 생겨났고 해외로 유랑의 길을 떠나는 이민자들도 생겨났다.

2

과거 조선인들의 여행길에는 항상 살기 위해 길을 떠난다는 의미가 있었다. 하지만 그것은 또다시 새로운 슬픔의 길을 향한 출발이기도 했다.

추월이 남편과 함께 살길이 막막해진 고향을 떠나 일본으로 건너간 것은 1920년대 초반, 그녀가 열여덟 살 되던 해의 여름이었다. 제주도 동남부에 있는 서귀포 동쪽 포구에서 남녀노소 총 열다섯 명 정도가 돛단배에 올라타 섬 동쪽의 우도를 거쳐 조선반도 남쪽의 다도해 소군도를 따라 대마도 남단을 지나 한 달 남짓이 걸려 나가사키현 모처에 닿았다. 배가 나가사키에 이르자 뱃사공의 자식은 일본에 남고 아버지인 뱃사공만 혼자 노를 저어 귀국했다고 한다. 일본까지 배 삯은 1인당 6엔이었다.

추월은 일본 사정에 밝은 뱃사공의 아들이 이끄는 대로 기차를 타고 오사카에 도착해 난바(難波)에서 하숙집을 운영하던 고향 사람의 판잣집에 자리를 잡았다. 같이 건너간 여자들과 함께 추월은 곧바로 니시나리쿠 이마미야(西成區 今宮)에 있는 숙소를 제공하는 마대자루 공장에 취직해 거처를 옮겼다. 고향에서 무명 베 짰던 경험이 도움이 돼 추월은 금방 능숙하게 일을 할 수 있었다. 한 달이 지나 월급날이 왔다. 그러자 추월의 남편은 같이 배를 타고 온 사촌 형과 함께 면회를 왔다. 남편의 사촌 형은 말했다.

"게난 우릴 도와준덴 생각허라…… 일 엇엉 흔 덜을 허비
허고 하숙비도 못 내고……."

스물네 살이 된 젊은 남편은 잠자코 고개를 숙이고 있을
뿐이었다. 아침 7시부터 밤 8시까지 꼬박 일해도 추월의 일
급은 고작 60전에 불과했다. 1924년 여름, 당시 일본에서는
석유 한 통이 3엔 80전, 파라솔 1개가 18엔, 재떨이 1개
80전……이었다고 어떤 잡지에 기록이 남아 있다. 추월의
월급은 잔업을 포함해도 고작 재떨이 한 개 값도 되지 않았
다. 물론 식비는 별도로 내야 한다. 잘못하면 빚만 떠안는
꼴이 될 뻔했다.

추월은 그 해가 끝날 무렵에 같은 고향 여자와 나고야의
방직공장으로 일자리를 옮겼다. 오사카보다 월급이 좋다는
말주변이 좋은 뱃사공의 아들 말을 믿어서였다. 두 달을 그
곳에서 일했다. 첫 달은 월급조차 받지 못했다. 일이 영 서
툴다는 이유였다. 다음 달 월급날에도 역시 말주변이 좋은
그 남자가 찾아와 사무실에서 담당 직원과 오랫동안 수군거
렸다. 남자는 말했다.

"당신네가 허는 일은 무신 도움이 안 뒌덴마씨. 월급이랑

말앙 회사선 손해 봣젠 걸 물어내렌 헴수다. 아멩헤도 이번 덜도 돈은 못 받을 거 닮수다."

나이 지긋한 고향 여자는 이번엔 잠자코 있지 않았다. 아무리 생각해도 납득이 가지 않는 말이다.

"아멩 우리가 일본말을 몰른덴 헤도 거짓말 적당히 허라. 느도 그른 나라 사름인디 무사 우릴 속염시? 우리 월급 뺏아 간 거 내노라. 우린 이제 이디서 나가켜."

여자의 무서운 얼굴에 기세가 눌린 말주변이 좋은 남자는 돌아간다면 여비만큼은 마련해 주겠지만 임금만큼은 모른다고 끝까지 잡아떼며 물러서지 않았다. 어차피 더 이상 그 방직공장에 있을 수 없었다.

남편이 있는 도쿄로 간다는 고향 여자와는 나고야역에서 헤어져 추월은 혼자 오사카로 갔다. 난바에 도착한 것은 아직 어둠이 남아 있는 이른 아침이었다. 역 앞 파출소에서 주소가 적힌 종이를 보여주며 여기로 데려가 달라고 손짓으로 몇 번이나 반복했다. 화로 근처에서 불을 쬐며 꾸벅꾸벅 졸고 있던 중년의 경찰이 주소를 확인하고 추월을 남편이 있는 하숙집 근처까지 데려다주었다. 골목길 땅바닥에 새하얀 서릿발이 서 있었다. 추월은 일본에 도착한 여름날의 행색으로 해를 넘기고 있었다.

낮이 다 돼서야 돌아온 남편은 제대로 말도 하지 않은 채 벽에 등을 기대고 어두운 얼굴로 앉아 있었다. 머리와 수염도 덥수룩하게 기른 채 누군가에게 받은 것인지 얄팍한 작업복을 걸치고 있었다. 추월과 헤어지고 나서 아직 일을 구하지 못하고 놀고먹고 있었다. 얼마 지나지 않아 남편의 사촌 형도 돌아왔다. 추월은 적어도 막노동이라도 해서 밥값이라도 벌어야 하지 않냐고 남편을 힐책했지만 지난 일에 매달리기보다 앞으로 어떻게 살아갈지가 당장 급한 문제였다.

난바에 돌아와 2, 3일 후에 함바집에서 밥 짓는 일자리를 찾았다. 남편과 사촌 형도 건설 현장에서 막노동을 하기로 결정했다. 추월은 임신하고 있어서 누가 봐도 한눈에 알아볼 수 있다. 오전 4시경에 일어나서 수십 명 분의 식사 준비를 했고 세 끼의 설거지와 너무 많은 허드렛일을 하느라 몸이 천근만근이었다. 장마철이 되면 남자들은 일자리를 잃는다. 술값에 담뱃값 그리고 식비가 밀려 어느새 빚이 쌓여 갔다. 그 빚 때문에 언제 끝날지도 모르는 노동을 해야만 한다는 불안감은 커져만 갔다. 추월은 달이 없는 밤을 기다려 입은 옷 그대로 함바집을 도망쳐 나왔다. 잡히면 죽을 각오를 해야 하기 때문에 필사적으로 밤길을 달렸다. 임신한 추월은 더 힘이 들었다.

하지만 갈 곳은 역시 다른 함바집밖에 없었다. 추월은 그곳에서 첫 아들을 낳았다. 진통이 시작되기 직전까지 추월은 식사 준비에 매달려야 했다. 갑자기 통증이 시작돼 순식간에 아기를 낳았다. 그러나 갓난아이는 첫 울음소리조차 내지 않고 싸늘한 주검으로 추월과 마주했다. 첫 출산이 추월에게 가져다준 것은 탄생의 기쁨이 아니라 상실의 고통이었다.

3

추월이 일본으로 건너온 것은 관동대지진 직후 혹독한 생활고가 이어지던 시기였다. 얼마 지나지 않아 연호는 쇼와(昭和)로 바뀌었고 미국에서 시작된 세계 공황의 쓰나미가 일본으로도 밀려왔다. 일자리를 잃은 일본인이 거리에 넘쳐나던 시대에 일본어조차 제대로 알지 못하는 '조선인'을 채용하여 제대로 된 일자리를 주는 직장이 있을 리가 없었다.

깔보는 눈으로 보는 폐지 줍기나 엄청난 체력을 요하는 막노동이나 하역일꾼, 마차 끌기, 청소차 끌기 정도가 이들에게 남겨진 일이었다.

그중에서 선반공, 주물공, 마감공 등 기술이 있는 사람은 일본인 노동자보다 임금은 적지만 그럭저럭 먹고 살 수는 있었다. 그러나 그것마저도 젊은 사람에게 해당되는 것으로 중년을 넘어선 나이 든 사람들은 도저히 넘볼 수 없는 세계였다. 이들 세대 대부분은 교육을 제대로 받지 못했거나 기껏해야 서당에서 한문을 조금 배운 정도였다. 설령 한문을 어느 정도 알고 있다고 해도 그것은 이국땅 일본에서는 마치 사용 가치가 소멸한 지폐를 움켜쥐고 있는 것과 같았다.

변두리의 자그마한 마을 공장의 구인 벽보에도 반드시 '내지인에 한함'이라는 단서가 붙어 있었다. '내지인'이란 일본인을 지칭하였기 때문에 그것은 식민지 '조선' 출신자= 조선인을 고용하지 않겠다는 의미였다. 그중에는 '조선인은 거절'이라고 분명히 쓰여 있는 경우도 있었다. 집을 구할 때는 더 노골적으로 거절하는 경우가 많았다.

그러나 추월은 살아야만 했다. 게다가 아직 젊었다. 그러니까 시간은 그들의 편이었고 일만 하면 희망은 이루어질 것이라고 믿어 의심하지 않았다. 희망이라고 해 봤자 그것은 장차 고향으로 돌아가 조그마한 밭과 비바람을 막아줄 집을 마련하고 몇 명의 아이를 낳아 키우는 것이었다. 일본에서의 삶은 임시이고 진짜 삶은 고향에서 기다리고 있다. 추월 부부가 개인이 운영하는 화장터를 찾아 들어간 것도 결국 꿈을 실현하기 위한 수단이었다. 무엇보다 그곳엔 일이 있었다. 좁아터진 판잣집이라도 집이 있었다. 배를 타고 고향을 떠나온 후 5년의 표류 끝에 겨우 오사카 이카이노의 마을 한 구석에 이르러 그곳에 임시 거처를 위한 닻을 내렸다.

쇼와 초기, 현재의 긴테쓰 우에혼마치(近鉄上本町)역이 있는 로쿠초메(六丁目) 언덕에서 이코마(生駒)산 방향을 바라보면 거리가 즐비하게 늘어선 이마사토초(今里町)를 지나는 근처부터 곳곳에 아직 논밭이 펼쳐져 있었다. 다이키(大軌)라는 약칭으로 불리던 현재의 긴테쓰선(近鉄線)은 오늘날과는 달리 평지를 달리고 있어 산조거리(三條通り)는 종일 흙먼지가 날리는 울퉁불퉁한 길도 다지마초(田島町) 부근에 다다르면 제법 교외에 온 느낌을 풍긴다. 히라노(平野)강 끝자락은 오이케바시(大池橋) 쯤에서 봉긋하게 쌓인 점토질의 흙더미에 막혀 고여 있었다. 다지마초의 방향에서 산죠거리를 따라 이어진 논밭을 가로질러 흐르는 얕은 시냇물의 하류에서는 오이케바시의 언덕 때문에 생긴 낙차로 운하 쪽으로 졸졸 푸른 물이 떨어지고 있었다. 운하의 양쪽 기슭은 아직 돌담으로 정비되지 않아 군데군데에 드러난 흙둑이 완만한 경사면을 이루어 도로에서 강 쪽으로 이어져 있었다. 평소에는 탁한 강물도 큰비가 내린 뒤에는 생기를 되찾은 강물이 불어나 푸른 강물을 따라 상류에서 붕어와 금붕어, 작은 잉어 등이 헤엄쳐 다녔다.

그렇지만 겉보기에는 온화하고 조용한 이카이노 마을도 조선인만은 거절했다. 이 마을 남북으로 이어진 몇몇 큰길은 물론 거기에 이어진 좁은 길이나 골목길마저 조선인에게는 삶의 통로로서의 의미밖에 없었다. 이카이노의 좁은 길에는 골목이 많고 골목을 사이에 두고 판잣집이 밀집해 있었다. 그리고 이 골목만이 조선인에게 허용된 생활공간이기도 했다. 사람들은 이 그늘진 골목길에 다다르기까지 수많은 역경을 겪으며 왔다.

추월 부부가 일하는 장례식장은 마을에서도 인가가 밀집한 곳 한 구석에 있었다.

이곳을 찾는 장례 행렬은 영구차와 가마를 이용하는 경우가 있었다. 어떠한 경우에도 상주와 그 가족, 참석자들은 도로에 접한 마당에서 줄을 서서 스님의 독경에 이끌려 일단 가마터로 갔고 운구가 들어가면 다시 마당으로 나와 정면 안쪽에 있는 분향실로 들어가 그곳에서 마지막 공양 독경을 하면 장례식은 끝난다. 이러한 의식은 상주에게 의뢰받은 장의사 업자의 지휘로 진행됐다.

하루 입관 수는 미리 사무실에서 접수를 받고 등신대의 검은색 칠 위에 하얀색으로 고인의 이름을 적은 입간판이 정해진 장소에 세워지면 그것을 보고 확인하는 구조였다. 하루에 열 번 이하인 적은 없었고 때로는 스무 번을 넘기도 했다.

관에는 좌관이라 불리는 정육면체 모양과 침관이라 불리는 가늘고 긴 직사각형 모양이 있으며 침관의 경우가 요금이 비쌌다. 좌관은 작업원이 두 명만 있으면 불가마로 옮길 수 있지만 침관은 네다섯 명의 사람이 들어야 하기 때문에 심부름꾼까지 불러야 하는 경우도 있었다.

작업은 오전, 오후, 야간 세 번으로 나누어 이뤄진다. 오전에는 전날 화장을 한 고인의 추골식이 거행되고, 오후에는 장례에 입회해 입관과정을 거치고 나서 저녁 무렵부터 밤

작업을 위해 준비한다. 오후 일이 마무리 되면 저녁 무렵부터 통나무 장작을 창고에서 가마터로 옮겨 그것을 관 아래에 각각 쌓아 놓는다. 이 작업은 7시경에 끝난다. 그리고 밤 9시 전후부터 불을 붙이고 그 후 다시 한번 상태를 점검해야 한다. 이른 아침에는 전날 작업이 차질 없이 끝났는지 점검하고 청소하는 일이 남아 있다.

아침 식사 후, 10시부터 정오까지는 추골식이 행해진다.

조선인은 유골을 남김없이 가져가는 풍습이 있지만 일본인은 유골의 머리와 흉부, 팔, 다리 그리고 울대뼈만을 나무 상자에 넣어 가져간다. 그러니까 추골식이 끝나면 남겨진 뼛가루를 긁어내 창고로 운반해야 한다. 그렇게 오후가 되면 다시 전날과 다름없이 새로운 장례 행렬이 찾아오고 의례를 치른다. 생은 한정되어 있는데 마치 죽음만이 무한히 이어지는 것처럼 새로운 장례 행렬은 어김없이 이곳을 거쳐 갔다. 일 년 중 새해 첫날 만이 유일한 휴일이었다. 추월 부부의 노동은 마치 무한히 이어지듯 그들을 붙잡고 놓아주지 않았다. 그것은 마치 자욱한 안개와 같은 불결한 부유물과 뜨거운 열기, 그 매연 속에서 벌어지는 극도로 체력 소모를 필요로 하는 작업이었다. 그것은 생의 해체를 확인하는 듯한 고독한 노동이었다. 단지 죽음에 대한 두려움과 생에 대한 허무함을 끊임없이 증식시키는 일이었다.

4

추월은 밝고 쾌활하며, 지기 싫어하면서도 눈물이 많다. 그리고 상대를 가리지 않고 무슨 말이든 지껄여대는 수다쟁이이면서도 부지런한 사람이었다. 그녀의 초롱초롱한 갈색 눈동자에는 늘 활력이 넘쳤다. 빈약한 상체에 몸집도 자그마했지만 뼈는 튼실하고 몸놀림은 기민했다.

추월의 판잣집에서는 언제나 큰 말소리와 웃음소리가 들렸다. 살길을 찾아 고향을 떠나온 친척이나 고향 젊은이 몇 명이 찾아와 그녀의 집에 머물렀다. 일자리를 얻고 나서 근처 어딘가에서 하숙하는 사람도 있었고 다시 떠나는 사람도 있었다. 그곳은 마치 고향 사람들의 기항지 같은 느낌이었다.

나의 아버지도 그중 한 사람이었다. 우리 가족은 이미 뿔뿔이 흩어져 있었다. 방랑벽이 심했던 아버지는 일정한 곳에 정착하는 것을 좋아하지 않았고 그것이 가족이 흩어져

사는 원인이 되었다. 어머니와도 헤어져 살던 나를 일본으로 불러 내가 고향을 떠나온 것은 다섯 살 때인 1930년 여름이었다. 하지만 아버지는 이곳에서도 자주 모습을 감추곤 했다. 아직 어린 나는 어쩔 수 없이 먼 친척인 추월을 보호자로 삼아 의지할 수밖에 없었다. 추월은 자신의 보금자리로 찾아든 나를 소년기 초반까지 길러준 어미 새와 같았다. 당시 그녀는 아직 스물여섯 살밖에 안 되었지만 벌써 함바집에서의 출산을 포함해 세 아이를 낳았고 모두 잃었다.

추월은 거의 일 년 간격으로 출산을 반복했다. 어느 날 아침, 이부자리 안에서 만삭의 그녀가 갑자기 나를 불렀다. 가보니 얼굴을 찡그리고 이불 위에 쭈그리고 앉아 괴로워했다. 이웃집 아줌마를 불러 달라고 했다. 옆집 아줌마가 꾸물대는 바람에 늦게 돌아왔다. 우리가 방에 돌아와 보니 이미 아이를 낳은 후였다. 그러나 추월은 눈을 치켜뜨고 진통에 못 이겨 외쳤다. 아직 있어. 또 한 아이가…….

추월은 1936년 봄에 낳은 남자 쌍둥이를 포함해 일곱 명의 아이를 낳았으나 결국 그 자식들을 모두 잃었다. 추월은 젖이 적게 나와 갓난아이를 우유로 키웠다. 아이들은 자주 설사를 했고 순식간에 쇠약해져 갔다. 그녀는 불행했다. 그 불행은 그녀가 살고자 하는 의지나 인간으로서의 선의를 초월한 곳에서 엄습해 왔다. 오직 일로 몸을 움직여 불안을 떨쳐 버리려는 것 외에는 추월이 달리 그 불행을 막을 길은 없었다. 먹고 사는 데는 부족함이 없었지만 삶을 지탱할 버팀목은 이미 없어져 버렸다. 부부 사이에도 자주 말다툼이 벌어졌다. 남자는 술을 은신처 삼아 자기 도피라도 할 수 있었지만 일하지 않으면 생활은 금세 무너질 수밖에 없었다.

추월의 집에 어두운 그림자가 드리워지기 시작했다. 추월은 자주 헛기침을 했다. 광대뼈가 도드라지고 피부의 윤기는 점점 찾아보기 힘들어졌다. 이미 그녀의 육체를 결핵균이 갉아 먹고 있었다.

그 무렵의 추월은 입버릇처럼 빨리 건강을 되찾아 고향으로 돌아가겠다며 부지런히 옷가지를 정리하곤 했다. 그럴 때면 살이 쪽 빠진 그녀의 뺨 언저리가 붉어지고 갈색 눈동자는 초롱초롱하게 되살아났다. 그러나 그녀의 생명의 힘은 이미 시들어 버렸다. 그리고 1937년 늦여름, 그녀는 서른세 살의 짧은 생애를 이카이노 뒷골목 판잣집에서 마감했다. 뼈만이라도 고향 땅에 묻어 달라는 게 그녀의 마지막 말이었다.

해방 후, 나는 몇 번이나 추월의 산소를 찾아가려고 했지만 생각했던 대로 가질 못했다.

추월의 마지막 소원마저도 외면당해 시신은 오사카 교외의 한 묘지에 묻혔다. 태평양전쟁도 거의 끝을 보이기 시작했을 때 나는 한 번 추월의 묘지를 찾아간 적이 있었다. 반달 모양의 얇은 시멘트로 덮인 그녀의 무덤은 대나무 숲의 바스락거리는 소리에 둘러싸여 가을 햇살 속에 고요히 누워 있었다. 나는 거의 반나절 동안 봉분 주변을 배회하며 만일 이 전쟁통에서 살아남게 된다면 다시 찾아오리라 마음먹고 그곳을 떠났다.

등화관제(燈火管制)의 오사카 거리는 어둡고 죽음과 마주하고 있었다. 이카이노 거리의 골목길에도 인적은 뜸했다. 예전 소년 시절, 내 주변에 있던 친구나 그리운 사람들의 모습은 마을에서 사라졌다. 이카이노 마을이, 하나의 생활 공간이, 사소한 일상조차도 내가 친밀하게 느끼기 위해서는 그곳에 사는 친밀한 사람들의 존재야말로 빼놓을 수 없다. 마음을 열 수 있는 사람조차 찾아볼 수 없는 이카이노 마을은 멀리 떨어진 생활의 공허한 빈껍데기나 다름없었고 친밀한 사람들의 어울림이 사라진 그 풍경은 너무나도 무미건조했다.

해방 후 30년이 지난 지금, 추월이 짧은 생애를 걸고 붙잡고자 애쓴 그것이 과연 나에게 아니 재일조선인의 손안에 있을까 하는 생각을 할 때가 있다. 그것은 해방으로 인해 반쯤은 채워졌고 조국의 분단이라는 새로운 사태로 인해 더욱 커져 버리기도 했다. 나는 목마름에서 아직 해방되지 못했다. 추월의 생애는 언뜻 보기에 아무 결실도 없는 것처럼 보인다. 그러나 그녀의 생애가 정말로 무의미했다고 단언할 자격 따위는 나에게 없다. 왜냐하면 주어진 생을 오로지 한결같이 살아낸 것만으로도 그녀의 생애는 이미 빛나고 있기 때문이다.

찬 바람이 몰아치던 작년 그날로부터 며칠 후, 나는 추월의 성묘를 겸해 오사카로 떠났다. 오사카 거리에는 간간이 진눈깨비가 흩날렸다. 간죠선(環狀線)으로 덴노지(天王寺)까지 간 후 한와선(阪和線)으로 갈아타고 ○역에서 내렸다. 진눈깨비는 작은 얼음비로 변했다. 역 앞 상점에서 우산을 사고 나는 어렴풋한 기억에 의지해 길을 따라 걸어 거리를 빠져나갔다. 그러나 이전에는 인가가 드문드문 흩어져 있었던 변두리의 근처도 집들이 줄지어 늘어서 있고 바겐세일을 한다는 광고가 스피커를 통해 요란한 쇳소리를 내며 퍼져 나오고 있었다. 나는 내심 당황한 마음을 추스르며 추월의 묘지로 이어진 길을 따라 걸었다.

그러나 그것은 헛수고였다. 예전에는 광활한 논이 펼쳐지고 그 끝에는 시기산(信貴山)과 이즈미(和泉) 쪽에 여러 산의 능선과 골짜기까지 손에 잡힐 듯 훤히 보이는 높은 지대에 있던 그녀의 묘지는 흔적도 없이 사라져 있었다. 오랜 기억을 되짚어 봐도 길을 잘못 들지는 않았다. 언덕을 깎아내고 구덩이를 메운 두꺼운 콘크리트로 포장한 간선도로를 만들고 저쪽 하마데라(浜寺)에도 예전에 해수욕장이었던 자리로 보이는 공간에 늘어선 창고와 공장에 세워진 거대한 굴뚝들 속으로 사라져 버렸다. 쉴 새 없이 크고 작은 승용차와 트럭들이 눈 앞을 스치고 지나갔다. 차례차례로 다가왔다가 또 멀어져 가는 자동차의 바퀴가 도로에 닿아 나는 마찰음은 한 음역대의 층을 만들어 공간에 자리 잡았고 그것은 나의 마음속에까지 와 닿아 사라지지 않았다.

"대판시(大阪市), 동성구(東成區), 저사야정(猪飼野丁), 동이 정목(東二丁目)······."

　나는 한기에 몸을 떨면서 치매에 걸린 사람처럼 이렇게 중얼거렸다. 그것은 추월의 무덤 앞에 있던 작은 화강석으로 만든 까칠까칠한 표석에 새겨져 있던 문구였다. 오사카 시 히가시나리쿠 이카이노초 히가시니초메······. 얼마 후, 히가시나리쿠의 일부는 이쿠노쿠로 편입되었다. 이카이노 마을은 이미 지도 위에서 뜯겨져 나가 버렸다. 추월의 쓸쓸한 생애에 어울리게 고즈넉하게 서 있던 돌로 만들어진 작은 표석마저도 이제 내 기억 속에서만 그림자를 드리울 수 있는 공간으로 남아 있다.

작가의 말

조선에는 '시작이 반이다'라는 말이 있다. 모든 일을 착수해서 시작하면 이미 반쯤은 한 것이나 다름없다는 뜻이다. 그러나 소설을 쓴다는 수작업의 세계에서 시작은 어디까지나 시작에 불과하고 오히려 늘 시작의 반복뿐이라는 생각이 강하게 든다.

습작의 시기를 거쳐 10년에 가까운 공백 기간이 있었다. 그 후 드문드문 써놓은 작품을 한 권으로 정리하는데 기록성이 짙은 『어느 여인의 일생(ある女の生涯)』을 수록하는 데는 다소 망설임이 있었다. 그러나 '기록'이라는 틀을 굳이 떼어 여기에 넣은 것은 오로지 이 소품에 대한 애착과 주제의 공통성에 의한 것임을 덧붙여 두고 싶다. 또 앞서 『문예

전망(文芸展望)』(1977년 춘계호)에 발표한 「보금자리를 떠나다(巣立ち)」는 다시 쓰고 싶은 마음이 있어 이 책에는 수록하지 않았다.

이 소소한 작품집을 세상에 내보내는 것에 대해서는 실로 많은 사람으로부터 남다른 도움을 받았다. 특히 미래사(未来社)의 마쓰모토 마사쓰구(松本昌次) 씨, 창수사(創樹社)의 다마이 고이치(玉井五一), 요네다 준(米田順) 씨 등 여기에 다 쓸 수 없을 정도로 여러 사람으로부터 조언을 받았다. 흔쾌히 책의 장정을 맡아주신 이와나미 서점(岩波書店)의 다무라 요시야(田村義也) 씨에게도 깊은 사의(謝儀)를 표한다.

1977년 9월

김태생

196

재일제주인 김태생의
문학과 공간

연구실에서 번역하다 문득 창밖을 보니 작은 새들이 나무에 모여 앉아 해지는 가을날을 보내고 있다. 무엇이 그리 바쁜지, 무엇이 그리 두려운지 한시도 쉬지 않고 긴장의 끈을 놓지 않는다. 김태생이 「뼛조각」에서 묘사한 새들의 삶의 모습이 저런 풍경이 아니었을까 하는 생각이 든다.

김태생은 1930년 일본으로 건너가 그 사회 속에서 치열한 삶을 산 재일제주인의 보편성을 갖고 있다. 그의 작품에는 '제주'라는 특수성과 시대성이 담겨 있으며 재일제주인의 '공간'은 중요한 주제가 된다.

당시 제주인들의 일본으로의 공간 이동은 식민지와 냉전의 역사가 전제되어 있다. 제주인들은 낯설고 이질적인 타국에서 마이너리티로 배제와 차별의 대상이 되었고 일본 사회와의 관계성도 확보하기 어려웠다. 경계인이었던 이들은 해방 후에도 고향에 생활기반이 없었기 때문에 일본에 그대로 정착하게 된다. 문화적으로 현지화가 되기도 하고 고향으로의 귀환도 이룰 수 없게 된 그들에게 고향은 귀환의 불가능성을 전제로 한 노스탤지어로서의 공간이 되어 버린 것이다.

그리고 제주인들은 재일 사회 안에서 '섬'이라는 지역 정체성이 더해져 식민지적 희생자의 표상으로서 동원될 가능성이 존재했다. 제주를 소외시키고 또 다른 주변부로써 차별하는 재일 사회 속에서 내부적 타자가 되었다. 이러한 중층적 차별 속에서 재일제주인들은 재일제주인 사회를 형성한다. 작품에서 묘사된 재일제주인들의 삶의 공간은 일본인들에게 버려진 공간이자 사회로부터 고립되고 폐쇄된 공간으로 이곳의 모습은 당시 제주의 모습과도 닮아있다. 이 공간은 일본 사회 안에 존재하지만 외부로 인식되고 내지인에게는 타자성에 속하는 공간이다. 이곳에서 재일제주인들은 일상에서 체험되는 차별 속에서도 그들만의 커뮤니티를 형성하여 제주라는 문화적 지역 정체성에 관한 관심과 욕구를 증대시키고 '제주의 것'을 강조함으로써 제주문화의 이식이 가능하게 한 상징성이 부여되는 공간으로 확립한다. 하지만 이 공간은 일본이라는 사회 속에서 제주가 이질성 없이 수용되는 곳이지만 이질성을 토대로 일본 사회, 재일 사회 속에 편입하는 아이러니를 내포하는 공간이기도 하다. 이처럼 제주와 일본이라는 경계의 삶의 공간은 일본인에게는 타자로 비치고 제주문화, 일본 문화가 서로 교차, 융합되어 혼종된 제3의 공간으로 나타난다. 이런 혼종된 공간은 불안할 수밖에 없고 그 자체가 정체성의 불안을 말한다. 결국, 재일제주인들은 공간과 정체성의 문제에서 서로 다른 공간에서 획득한 정체성을 한 몸에 받아들일 수밖에 없었고 낯선 땅에서 주변인으로 살아가는 재일제주인의 현실을 형상화한 김태생의 문학을 통해 타자로서 혼종적인 정체성을 확인할 수 있을 것이다. 김태생의 문학 텍스트에 묘사된 공간은 작가 개인적인 경험만으로 갇혀있는 폐쇄적인 공간이 아니라, 집단 즉 재일제주인의 인식과 정체성의 관계에 놓인 공간이라 할 수 있다. 이처럼 재일제주인 개인의 역사를 통해 수많은 재일제주인의 삶을 들여다볼 수 있듯이 김태생의 작품을 통해 일본 사회와 마주하는 재일제주인의 역사를 돌아볼 수 있으면 하는 바람이다.

　이상 작품 속 재일제주인의 공간에 대해 살펴보았다. 이것을 후기로 대신한다.

　마지막으로 원서 『骨片』의 한국어판 저작권과 관련해 짧은 글을 덧붙인다. 저자인 김태생 선생님이 오래 전에 타계하시어 2022년 초, 현지의 측근을 통해 저작권 승계자인 자녀분들과의 접촉을 시도하였으나 지극히 개인사적인 이유로 인해 정식 계약을 맺지 못하였다. 모쪼록 좋은 작품을 국내에 소개하기 위한 번역자의 진심을 김태생 선생님께서 이해해 주시기를 바란다.

2022년 10월
김대양

제주학연구센터 제주학총서 62

재일제주인의 문학적 기록, 뼛조각

2022년 11월 10일 초판 1쇄 펴냄

저　자 金泰生
역　자 김대양
펴낸이 김흥국
펴낸곳 도서출판 보고사

책임편집 이경민
표지디자인 김규범

등록 제6-0429호
주소 경기도 파주시 회동길 337-15 보고사
전화 031-955-9797(대표)
팩스 02-922-6990
메일 bogosabooks@naver.com
http://www.bogosabooks.co.kr

ISBN 979-11-6587-377-6　93830
ⓒ 김대양, 2022

정가 14,000원

이 책의 출판비 일부는 제주특별자치도 제주학연구센터의 지원을 받았습니다.